# 女の不作法　目次

# 女の不作法

## ♀他人の趣味をバカにする

私は物心ついた頃から大相撲が好きで、小学生くらいからは「演歌」という趣味も増えた。

とにかく好き。楽しいし心躍るし、時間をひねり出しても行きたい。見たい。聴きたい。誰にも迷惑はかけておらず（もっとも、会社員時代には力士の追っかけでよく休み、会社に迷惑をかけた……）、自分のお小遣いでやりくりするのだから、他人にとやかく言われる筋合いはない。

だが、他人は私の趣味にとやかく言ったのである。高校生くらいまでは決まって、「男のハダカが好きなんて、エッチー」だった。

この頃すでに、プロレスとプロボクシングにも夢中になっていたが、どれも「男のハダカ」である。そのため、口には出さなかった。自分の大切な趣味をこういう言葉で揶揄《やゆ》されるのは、非常に不快なものだったからだ。

音楽の中では特に演歌が好きで、それも「ド演歌」が好きだった。「ぴんから兄弟」や「殿さまキングス」、宮史郎、宮路オサムのレコードは、雑音が出てくるまで聴き続けていた。

ただ、昭和四十年代初めに高校生だった私の周囲は、プレスリー、ビートルズに熱中していた。ビートルズ来日の前後は学校を休むクラスメートも当たり前にいた。そういう中で、演歌が好きと知れると、必ず、

「変な人」

と言われる。笑われ、相手にされなくなる。

そして大人になると、

「受けを狙っている」

と言われるようになった。今のように大相撲がブームになり、相撲ファンの女性に「スー女」などと愛称をつける時代ではない。相撲にしても演歌にしても、「受け狙い

の計算」だと思われるらしい。

ましてや、「トレンディドラマ」と呼ばれるものを書いていた頃、若い男女の先端風俗を描く脚本家の趣味が「相撲と演歌」ときては、そう思われても致し方なかったかもしれない。だが、相撲も演歌も昔からの筋金入りとしては、そう思われることは非常に不快だった。今でも覚えているが、ある雑誌の取材で、インタビュアーが、

「今日は抜きうちのテストをしようと思いまして」

と、ヘンに嬉しそうに、

「三條正人って誰でしょう。冠二郎の代表曲を答えて下さい」

と言ったのだ。「受け狙い」の私がアタフタすると思ったのだろう。何と無礼なと腹が立ったが、ここで怒って答えなかったりすると、「やっぱり知らないんだ。計算ずく」と思われる。私は立て板に水の如く、聞かれもしない東京ロマンチカ（三條が所属するグループ）の代表曲を数曲答え、

「あれは演歌というより、ムード歌謡というジャンルですね」

と訂正までしてさしあげた。

昨今は、個人の趣味に関してもとやかく言われない世になっているが、それでも「年甲斐もなく」とか「みっともない」とか「あきれるばかり」とか言う人たちはいる。それはなぜか、「オバサン」が「オバサン」に対して言うことが多いように思う。

たとえば、かつて韓流スターを追っかける「オバサン」に対し、メディアでも街中でも中高年の「オバサン」がコメントする。

「いいトシして、やりすぎです。若くてきれいな男に涎《よだれ》たらして、最低ッ」

「家のこともみんな放ったらかして、韓国まで追うって、頭悪すぎます。キャーキャー叫んで恥ずかしいですよ」

今なら男子フィギュアの羽生結弦の追っかけが、ターゲットにされそうだ。

私は毎年、氷川きよしのコンサートに行くのだが、ある時、会場で追っかけの「オバサン」たちと色んな話をした。その時、一人が私の手を取り、自分のお腹に当てた。固いものが入っているのがわかった。

「内館さん、これコルセットなの。私、病気して大変だったの。寝たきりで、一生こうかなと覚悟して。でもね、若（氷川のこと）の全国のファンたちが、みんなで励ましてくれたんです。会ったこともない人たちが、『また、若のコンサートで会うのよ』って。どれほど勇気づけられたか」

そして彼女はその時、コルセットでコンサートに来られるまでに回復していた。

「コンサートの後、みんなでゴハン食べるんです。若の話で盛りあがるわァ」

涙ぐみそうな表情だった。

オバサンたちはみな、「KH」と頭文字を染めた揃いの半てんを着て、ペンライトを振って生き生きとしている。

趣味のこういう時間、こういう友達を持つことは、人生において悪くないではないか。病気を治す力も湧くし、同好の知らない人と食べるゴハンもどんなにおいしいか。

他人の趣味をとやかく言う人たちというのは、だいたい三つに分けられる。

一つは、低俗な人間を否定し、見解を述べる自分が誇らしいのである。

もう一つは、「高尚な趣味」と「低俗な趣味」をくっきりと分けている人たちだ。たとえば、私の女友達に「趣味は読書」という人がいる。読書を趣味とする人はとても多いが、彼女は口に出して言うのである。

「くだらないワイドショー見てるなら、文庫本一冊読めるわ。それに気づかない人たちは哀れよね」

この「ワイドショー」を「追っかけ」と言い換えても、「アイドルのコンサート」としても、「食べ放題めぐり」としても、何でも当てはまる。自分の判断であらゆる趣味を「低俗」と「高尚」とに分け、低俗とする方をバカにするのである。

ならば、私がテストされたように、「読書が趣味」と誇る人にテストしてみてはどうか。

「あなた、読書家だから教えて。『カラマーゾフの兄弟』と『罪と罰』のあらすじ。面白そうな方から読むから」

答につまったら、

「あら、こんなこと聞くの、不作法ね」

と言ってはどうか。言えないなァ……。

三つめは、「年齢」をもとにする人たちである。彼らが「年齢に合わない」とする趣味は、恥ずかしい趣味なのだ。

前述の「追っかけ」はその典型だろう。それは「若い男に血道をあげるオバサン」ということだけではなく、私の周囲では宝塚スターに入れこむオバサンも、年長の歌舞伎役者に夢中なオバサンも、裏では何かと言われている。

また、「年齢」ということでは、体を動かす趣味もターゲットになりがちである。その多くは肌を出し、化粧をする。この趣味に関しては、男たちもとやかく言う。

私が会社勤めをしていた頃、定年近い女性が社交ダンスをやっていた。私にとって「会社のお母さん」のような人で、本当に優しかった。彼女は教室に通ってプロに習い、横浜の「クリフサイド」というダンスホールでディナーを兼ねた発表会にも出演している。

私は招待されて出かけたのだが、それはきれいだった。いつも事務服を着て地味な仕事をしている人が、カナリア色のドレスを着て、細い脚、白い肩を出している。若い男の先生と組み、すべるように美しくワルツを踊った。いつもはスッピンに近いのに、濃い化粧が華やかだった。

この趣味がある限り、彼女は「日常」と「非日常」を鮮やかに切りかえて楽しく生きていける。定年後もだ。そう思うと泣けてきた。ふと見ると、彼女の妹さんも隣席で泣いていた。

彼女はこの趣味のことを、誰にも言っていなかった。身内と私だけだと笑った。

「必ず言われるからね。『バアサンが気持悪いんだよ』とか、『男がいなくて社交ダンスに走ったか』『バアサンのダンス、見たくないよなァ』とか」

今なら「セクハラ」であり、表立っては言うまい。だが、当時はそうではなかった。

彼女が亡くなって二十年以上がたつ。その日まで誰にも知られず、楽しんだことは、本人が不快にさせられないだけ正しい選択だったと思う。

数々のダンスをはじめとして、とやかく言われそうなスポーツはある。だが、これが「ゲートボール」とか「椅子に座ってやるヨガ」とか「グラウンドゴルフ」とか「玉入れ」とかの類《たぐい》なら、まず誰もとやかく言わない。それは「年齢相応」と考えられているからだ。

私自身も色々と言われ、今ではハッキリと悟った。

自分の趣味を他人にとやかく言われたら、

「好きだからしょうがないのよねえ」

と笑うことである。そして、

「熱病みたいなものだから、そのうち冷めるわよ」

とつけ足すのがいい。私のようにずっと冷めない人も少なくないはずだが、そんなこと知っちゃいない。そう言っておけばいいのである。

## ♀飛び入りを連れてくる

私が脚本家として、スタートを切ったばかりの時だった。仕事は連続ドラマのうちの一本だけをピンチヒッターで書いたり、あらすじをまとめたりという程度だった。

ある時、社会の第一線で仕事をしている女友達が、著名な××さんと食事をすることになったという。私は会ったこともないが、仕事ぶりなどから魅力的な人だった。女友達は彼女と親しく、私がファンであることも知っていた。たぶん私は「わァ、いいなァ」とか「羨ましい！」とか言ったはずだ。

すると女友達は、

「よかったら、一緒に来ない？」

と誘ってくれたのである。

「えーッ?! いいの？ ホントにいいの？」

とても私は返したと思う。

そして当日の夜、私は女友達と一緒に、××さんと食事をする店に行った。嬉しさと興奮で、ドキドキしていた。無名のピンチヒッターライターとしては、これほどの僥倖《ぎょうこう》はあるものではない。

ところが、店に入ってから出るまで、××さんの私への不快感はすさまじかった。無視して話しかけないならまだしも、突然、

「あなたも才能あるかとカン違いして、くだらないもの書いてどうする気ですか」

とか、

「ま、一生懸命おやりなさいな」

などと言う。本当である。

私はほとんど聞き役だったが、女友達に話しかけられて短く答えると、××さんはせせら笑う。

私は適当な頃あいに、早めに退席すればよかったのだ。だが、その智恵が回らなかった。

帰宅後、女友達から謝罪の電話があった。

「誘わなきゃよかった。ごめんね。あんなに意地の悪い人じゃないのよ。あなたを連れて行くことは、前もって彼女の了解を取っていたし、年長者なのにアレだもんね……」

あれから三十年がたつが、女友達は今でも思い出したように「意地が悪かったねえ」と言う。そのくらい、すごかった。

だが、私も年齢を重ねて今になると、××さんの気持がよくわかるのである。

彼女は元々、親しい女友達と二人で、食事の約束をしていたのだ。互いに忙しい身であり、きっと久しぶりのことだっただろう。二人ともとても楽しみにしていたと思う。

そこに私が加わったのだ。まったく見知らぬ人であり、無名のライターもどきである。××さんが私に会いたいわけもなく、単なる一般ファンと食事をするハメになったわけである。これがファンの集い的なる場であれば、愛想よくサービスしたと思うが、プライベートの場に入られてはたまったものではなかっただろう。

それならば、私の女友達が「一人、連れて行っていいかしら。あなたと会いたいって。私の古い友達よ」と言った時、断ればよかったのだと思う人は多いだろう。

だが、それは難しい。女友達はすでに××さんと会うことを、私に伝えているのである。そこで「ねえ、××さん。私の友達も連れてっていい？」と聞かれ、「イヤよ、やめてよ」とはなかなか言えないものだ。内心ではゾッとしても「いいわよ」と答える人の方が多いのではないか。

そして当日、××さんはおめおめと来た私に改めてムッとした。あきれるほどのイジメ口を叩き、うっぷんを晴らしたのだと思う。

思い返すと、まったく無関係な人を、プライベートの約束の場に「もう一人、連れてっていい？」と聞かれることを、私も何度も経験してきた。私自身、「それはないでしょ」と毎回思いつつ、毎回「いいわよ」と言っている。私がされたようなイジメは、実体験から、しない。逆に話しかけたりして気を遣う。友人にだけ通じる話や、オープンにしたくない話はできないし、何のための食事会だったのかと思わされる。

今回、この原稿を書くにあたり、周囲の女性たち十人ほどに聞いてみた。中には

「飛び入りは面白いし、知らない人と友達になれるのは楽しいじゃない」と言う人もいると思ったからである。

驚いたことに、十人全員が「仕事ならいいが、プライベートの席に見知らぬ人は絶対イヤ。でも断りにくい」と言った。三十代から六十代の女性たちで、会社員、主婦、フリーランサー、会社経営者など様々である。

そして、私も感じていたのだが、誰かを連れてくる場合、必ずプラスの釈明をするのだと、彼女たちの多くが言った。

たとえば、飛び入りの人について、

「すごく明るくて、元気をくれる人なのよ」

「気さくで面白いの。絶対にあなたと気が合うわよ」

「海外を飛び回って仕事してるけど、二児の母よ。色んな話が聞けるわよ」

等々である。四十代女性は私に、

「別に元気くれなくていいって言うの。二人で色々と話そうっていう食事会なのに」

と言ったが、その通りだと思う。

私が四十代の頃、女性ばかり十人ほどで定期的に食事会を開いていた。四十代、五十代が中心で、職種はバラバラの親しい人たちだ。一番の年長者は当時七十代だったと思う。

その七十代女性が、毎回見知らぬ人を連れてくる。毎回である。男性が多かったと記憶している。十人ものメンバーなので、気楽ではある。飛び入りに対して一人で気を遣うこともないし、こちらは誰かと勝手に食べてしゃべっていればいいからだ。

ところが、この会はやがて消滅した。メンバーの幾人かが、

「知らない人が交じるのはイヤ。まして男の人なんて困る」

と言ったと聞いた。

飛び入りを嫌う人たちのことを、「排他的」で切り捨てるのは違う。何か月に一回か、あるいは本当に久々に会うプライベートな時間は、誰にとっても楽しみなことだ。そこへの飛び入りを嫌うのは「排他的」というより、「場をわきまえよ」という怒りだろう。

連れて行く人も、のこのことついて行く人も不作法である。ずっと昔に××さんが

私に取った態度、あの意地悪は、普通はなかなかできない。だが、あの子供っぽい不作法が、私自身の不作法に基づくものだったと、今になるとよくわかるのである。

## ♀「バタバタしてまして」

本当に便利な言い訳の言葉である。

「遅刻してごめん。出がけにバタバタしちゃって」

「しばらく会えないわ。ここンとこ、バタバタしてるもんだから」

「手伝いに行きたいけど、今月はバタバタしてるのよ」

何をどうバタバタしているのか、全然わからないが、「バタバタ」と言われると何だか妙に納得してしまうものだ。バタバタの状況を、具体的に質問する人はめったにいないだろう。

私の肩書きは「脚本家」だが、脚本を書く以外の仕事もある。

何年か前に、脚本以外の仕事で女性担当者と組むことになった。それまでもテレビドラマのプロデューサーをはじめ、女性たちとはよく組んできた。彼女たちはよくできるし、決断は速いし、細やかだし、すごく助けられてきた。

私とは初対面のその女性も、いかにも優秀な印象の人だった。テキパキしており、仕事がとても好きなのだと思った。こういう人と組めるのは、こちらも幸せである。何度も打合せをし、話し、やはりできる人だと確信。私は力強い相棒を得た気がして、喜んで仕事に入った。そして、ある原稿を締切りの当日に渡した。彼女は、

「ありがとうございます。一日の遅れもなく、本当に有難いです」

と喜んでくれた。あとはそれを彼女が読み、感想を言ったり、ここは違うとかこの方がいいとか、私とやりとりするわけである。

テレビドラマや映画シナリオの場合もそうだが、脚本家が「第一稿」という最初の原稿を出すと、プロデューサーと監督はすぐにそれを読む。そしてたいていは二、三日後、遅くとも一週間後には会ってやりとりをする。それを基に脚本家は原稿を直し、第二稿を作る。これを三稿、四稿とくり返し、決定稿にするのが普通だ。私は新人の頃、十七稿まで直したこともあるほどで、決定稿が出るには時間がかかる。議論は激しい。この『男の不作法』『女の不作法』も、決定稿を出す前に担当編集者と同様の

やりとりをしている。

この作業は双方を疲労困憊《こんぱい》させるが、ものを創る上で大切な過程なのである。彼女が「一日の遅れもなく」と喜んでくれたのは、締切りに遅れるほどやりとりの時間が削られるからだ。多くの場合、決定稿を出さねばならぬ期限がある。締切りに遅れるほど準備期間が減るわけで、クオリティに響いてくる場合とて少なくない。

こうして喜んでくれた彼女だが、三日たっても四日たっても、返事が来ない。普通、他の仕事で忙しくても、まずは第一稿を読み、電話で短く感想を言うものだ。すぐに会ってやりとりができない場合はそれを言い、いつなら会えると日程を決める。

が、待っても待っても彼女からの連絡がない。五日たち、一週間がたった。もし、十日たっても何も言って来なかったら、私から電話しようと思った。実はその時点で、私は相当あきれていた。締切り当日に出した原稿を、一週間も放っておかれたのは初めてだったのだ。

ところが、十日がたち、二週間がたってもまったくナシのつぶてである。私の原稿がよほどひどくてどうすべきか悩んでいるのだろうか。それとも海外出張でも急に入くり、まだ読めずにいるのだろうか。ならば、それを電話で伝えるのが普通だ。ともかく、もう少し待とうと思い、私からは催促しなかった。

その後、他の仕事をやっていたのだが、気がつくととうに三週間が過ぎていた。初めて組んだ女性であり、これが彼女流の仕事のやり方なのだろうか。催促のタイミングを失した私は、この会社と仕事をしたことのある男性に相談した。彼は天を仰ぎ、

「そりゃ異常だよ。その女、ヘンだよ。できがいいどころか、クビに値するよ。僕なら上司に伝えて、原稿を引き上げるね」

と怒った。

が、私はその時、どこかで面白がっていたのである。このまま放っておけば、彼女はいつ迄ナシのつぶてを続けるのか。放っておいてみよう。面白いじゃないのと。

こうして一か月を過ぎたある日、彼女から封書が届いた。そこには知性を疑う文面があった。手紙はとうに捨てたので、文面を記憶で書く。

「このたびはありがとうございました。夫の実家に挨拶に行ったりして、バタバタしておりました。昨日拝読させて頂きました」

私と秘書はそれを読んで啞然とし、それから笑った。彼女とは初めて組んだので、新婚だったのか、あるいは何の挨拶だったのかわからない。ただ、「バタバタ」という一語には虚をつかれた。まさか仕事の言い訳に「バタバタ」が使われるとは考えてもいなかった。この言葉を、無礼千万な仕事ぶりの釈明に使うことに驚愕した。

冠婚葬祭のいずれであっても、一か月も会社を休んで夫の実家に滞在するケースは稀有だろう。常識的に考えれば、とうに出社していたと思われる。締切り日に出した原稿を一か月放置し、堂々と「昨日拝読」と書く無神経な人とはこれまで組んだことがなく、私はどう対処すべきかわからなかった。

それでも、「バタバタ」は効果を発揮する言葉だ。あたかも、鳥がバタバタと羽を広げて飛び回っている「効果音」である。抜群の擬態語《オノマトペ》だ。夫の実家から帰った以後も、これも便利な言葉だが「あれやこれや」で忙しかったのだろうと思わせる。少なくとも、使い手はそれを狙っている。だから、使う。

だが、私はあの時、思った。「バタバタ」を仕事の釈明に使うのは問題外だが、プライベートでも使わない方がいいなと。

このオノマトペを使われると、自分は軽く見られていると感じる。仕事でもプライベートでもだ。

別の言葉で、誠意を持って謝罪し、こうなった理由を話すしかない。面白がって催促しなかった私も、仕事を冒瀆《ぼうとく》していたと思う。

担当女性から「バタバタ」と言われた時点で、原稿を引き上げることもできたが、それをしては多くに迷惑が及ぶ。そして、上司に担当を代えてほしいと頼んだ。詳しいことを話すつもりはなかったが、「色んなことでバタバタされている時期のようですので」とは言った。上司は、

「バタバタ……？」

とつぶやいて私を見た。私は、

「ええ、バタバタ……」

と返した。上司が何を察したのかはわからないが、その場で新担当の名前を言い、

「申し訳ありませんでした。こちらの教育不足です」

と謝った。

こうして彼女は外れ、仕事は順調に動き出した。だがあの時、私は上司に次のように言うべきではなかったか。

「担当は代えて頂きますが、女性がみんなこうだと思わないで下さい。妻として母として嫁として、どんなにバタバタしていても、きちんと優先順位をつけてこなす女性の方がずっと多いんです。一人の行動を女性すべてに当てはめないで下さいね」

言わなかった自分に、しばらく忸怩《じくじ》たる思いが残った。ところが最近、彼女が社内で責任あるポジションについていることを知った。思わず、

「えーッ、あの会社、人材不足ねぇ」

と本音が出たが、彼女も年齢を重ね、経験を重ね、よきビジネスパーソンになったのだと思う。それは私の忸怩たる思いが消えた日でもあった。

## ♀ 本当のケチ

何でも「割り勘」にすると、ケチと思われることがある。中にはその通りの人もいるかもしれないが、「本当のケチ」というのは、そんなものではない。

「自分と家族のためにはお金をふんだんに使うが、他人のためにはビタ一文出したくない人」

これが「本当のケチ」である。

私は三十代の頃に、続けざまに本当のケチと会い、友人たちからも本当のケチの話を聞かされて、この定義に到達した。

そして気づいた。なぜか、お金を持っている人たちに本当のケチが少なくないことにだ。私や友人たちが会った限りでは、意外にも裕福な人に目立つのである。

私が会社勤めをしていた頃、仲のいい同僚女子社員に「日曜日、家に来て」と言われた。どうしても見てほしいものがあると言う。

日曜日、私は彼女の家に行った。

リビングに案内されると、テーブルの上に平べったい箱があった。彼女はお茶を出すなり、その箱を開けた。

「ねえ、これ、価値がある？」

中には海だか山だか忘れたが、何か風景を描いた油絵が入っていた。よく覚えていないものの、10号くらいで、その空だか海だかやたらとブルーの多い絵だった。

突然「価値があるか」と聞かれても、困るというものだ。私には日曜画家が描いたシロウトの絵で、それもかなり稚拙なものにしか見えなかったが、そう言う自信もない。もしかしたら、ちゃんとした画家の作品かもしれないし、元より、私に絵を鑑定する力があるわけもない。

答に窮していると、彼女が言った。

「あなた、美大だからわかるでしょ」

なるほど、それで呼んだのか。わかるわけがない。わかるのは、この絵がセザンヌではないことくらいだ。

彼女はなおも迫った。

「感想でいいの。思った通り言って」

「うん……。何か、油絵教室に通いたての人が描いたように見えるけど……」

すると、彼女は「やっぱりね」と言い、苦々しげに話し始めた。

ある日、知りあいがお願いに来たのだという。

「夏休みのバカンスで、来週からオーストラリアに家族でゴルフに行くの。犬の散歩と庭の水まき、お願いできないかしら。十日ほどで帰って来ますから、何とか」

十日程度なら、彼女や家族がやってあげられると思い、家も遠くないことで、了解した。そして、散歩とエサやり、水まきを欠かさずにやったのだという。

十日後、真っ黒に日焼けした夫人が、挨拶にやって来た。お世話をおかけしたと深々と頭を下げ、お礼に差し出したのが平べったい箱だった。

彼女も家族も、オーストラリアのお菓子でも入っているのだろうと思った。普通、そう思う。すると夫人はご機嫌に言ったそうだ。

「主人が最近、油絵を始めまして。これ、教室の先生にすごくほめられた作品なんですって。何か筋がいいみたい、主人。ぜひ飾って下さいね」

そして、何度も留守中のお礼を言い、帰って行ったそうだ。

その「主人」には社会的地位があり、非常に裕福な一家だという。夏休みに家族でオーストラリアに行き、ゴルフを楽しむことからもわかる。今から四十年近く前に、そんな暮らしをしていたのだ。

彼女の怒りはおさまらなかった。

「うちをバカにしてるのよね。家政婦がわりに使えばいいって。何かあげときゃ、何だって喜ぶわって。だからといって、この絵ってことはないでしょッ」

彼女は独身で家族と暮らしていたが、彼女の家も経済的には豊かである。バカにされるはずはないが、この絵を渡されては、そう思うのも当然だろう。

もう一人、別の人の話もすごい。

何のお礼だったか私は忘れたが、とにかく彼女は何かお世話をして、お礼を頂いた。相手はやはり富裕層である。

そのお礼が電気スタンドだったという。聞いていた私たち友人は、シロウトの油絵よりはマシな気がしたのだが、話を聞いてのけぞった。

電気スタンドのランプシェード、これがいわば「図工」だったのだ。子供が学校で作ったものだったか、夫人がカルチャースクールで作ったものだったか覚えていないが、卵のカラに彩色して砕く。それを出来合いのランプシェードに糊《のり》で貼りつけていく。私も小学生の時に牛乳びんに貼りつけて、花びんか何かを作ったことがある。

「きれいでしょう。手間がかかってるの」

と言って、お礼に置いていったそうだ。私たちは「油絵とどっちがマシか」と大笑いしたが、両方ともただちにゴミに出されたことは言うまでもない。

さらに、これは私の実体験である。

ある時、地方都市に住む親戚の者が亡くなった。私も葬儀に行ったが、親戚縁者や友人知人がたくさん参列していた。

だが、故人と関係の深いAさん夫婦は参列できなかった。都合でどうしても行けないと詫びの電話が入ったそうだ。A夫人は電話口で、

「お香典だけすでにお送りしました」

と言って、お悔みを述べたという。

このAさん夫婦とは私も会ったことがあるが、裕福だ。やはり一家で、年に二回はハワイでゴルフ合宿である。子供たちも私大のゴルフ部員だ。

だが、夫婦ともケチで、特に夫人は「本当のケチ」だと、もっぱらの評判だった。他人に対しては、お金を出すどころか、「舌でも出したくない」という噂は、私も耳にしていた。

葬儀の時も、「往復の旅費や宿泊費を出したくないから来ないのよ」と笑い話になっていたほどだ。

「よくお香典送ったものだよね」

「きっと千円とかよ」

「まさかァ。でも旅費とか考えれば、安くすむと思ったのよ。ホントは夫婦そろって会葬するくらいの仲なのに」

葬儀から一週間ほどがたった時、喪主が困惑して、うちの母に電話をかけて来た。

たまたま母が不在で、私が出た。すると、

「Aさんからのお香典が届かないの。本人にいつ出したのかって、確認するのも失礼だし、どうしたらいいかしら」

と言う。私は、

「それはご本人に確認していいんじゃないですか。だって、一週間も前に『すでにお送りしました』って言ったなら、何か郵便局のトラブルかもしれません」

と答えたと思う。喪主は「私もそれを心配していた」と言い、すぐにA夫人に確認したそうだ。

すると夫人は「ええッ?!」と驚き、

「間違いなくお送りしました。どうして届かないんでしょう。とっくにお送りしてあります」

とハッキリと答えたという。喪主も私たちも誰もが、「他の場合ならともかく、いくらケチでも親しい人への香典は出すわよ」と思った。当然だろう。喪主もA夫人の言葉を信じ、今度は郵便局に電話で確認した。局は調べ、折り返しの電話があったという。

「丁寧に調べましたが、そのような現金書留はございません」

送ってはいなかったのである。ここまでのケチは国宝級だと、盛りあがったことも致し方あるまい。

喪主もこの嘘をさすがに怒り、A夫人に穏やかに、

「郵便局に確認しましたら、届いてないって言うんですよ。もし、現金書留じゃないなら、なくなったのかもしれません」

と言ったそうだ。するとA夫人、

「あ……普通郵便で出したかな……どっちだったか……あ、局に届いてないのは変ですね、きっと普通郵便かな……」

とシドロモドロで、すぐに送って来たという。喪主の娘はあきれ果て、

「お母さん、『二度もお送り頂いてすみません』って言って、お返しを嫌みったらしく二倍送れば」

と笑ったそうだ。

自分と家族には幾らでもお金を使うが、他人にはビタ一文使いたくない。そういう人は人間社会を自ら狭くしていることにならないか。

## ♀ナチュラル至上

「ナチュラル」という言葉が、一般的に使われるようになったのは、いつ頃からだろう。そう古くからの言葉ではないように思う。

自然な状態に抗《あらが》わず、あるがままに、心にも体にも無理な力を入れず、誰もが同じ人間として伸びやかに、自然の流れに身を任す。「ナチュラル」とは、そんな生き方だろうか。

このように生きると肩の力が抜け、心が楽になる。映画『アナと雪の女王』の挿入歌「ありのままで」が大ヒットしたのも、「あなたも私もありのままで生きればいいのだ」という考え方が歌詞にあり、安堵させられたことも大きいだろう。

が、その一方で「アンチ・エイジング」という考え方も、野原を焼き尽くす勢いで広がっている。これもそう古い言葉ではないと思うが、今ではしっかりと市民権を得た。

これはできる限り長い間、若くいたいとする生き方だろう。「アンチ・エイジング」、文字通り「年を取ることに抗うこと」だ。

加齢によって、人間は劣化していく。外見も精神も運動能力も、多くのことがだ。そこで努力して、劣化を遅らせようというのである。体を鍛え、肌の手入れや化粧を怠らず、種々の学びを続け、頭も加齢に抗う。

これは「ナチュラル」とはまったく逆の生き方のように思える。だが、ナチュラル派でもアンチ・エイジングに心を砕く人は少なくない。筋が通っていない気もするが、こと外見に関しては、ある年代からナチュラルが通用しにくくなる。

外出する時に、また他人と会う時に、素顔をさらすのが憚《はばか》られる。「若ければいいのか。差別だ」「シワも美しいのよッ」「若い人にはない美しさがあるんだから」と反論する人はあろうし、それはその通りだ。

ナチュラル派という人の中には、どうも、面倒くさがりがいる。自分に手をかけることも、きれいに加齢したいと努力することも、髪から洋服までに気配りすることも、

面倒くさい。なのに、

「私、ナチュラルが好きだから」

と平然と言ってのけたりする。こういう人たちにとって、「ナチュラル」は実に便利な言葉だ。本当は単なる不精なのに、「ナチュラル」だとごまかせる。

若いうちはあるがままで美しい。だが、加齢と共に経年劣化が進む。差別だと言われようが、これはナチュラルなことだ。何もアンチ・エイジングなどと大上段に構えずとも、「エイジング・ケア」、つまり年齢に応じた手当ては幾つになっても必須だろう。

多くの人が集まる場所に行くと、特に中高年の「老いっぱなし」に出会うことがある。

手入れをしないバサバサのごま塩頭、それをゴムや髪留めで適当にとめる。肌はゴワゴワと固そうで、毛穴は開きっ放し。シミ、シワに加えて、眉はゲジゲジ、二重アゴ、三段腹。服のコーディネートなど一切考えず、楽ならいいのである。

これで他人と会うのは、不作法だ。

なのに「私、ナチュラルが好きだから」と言うのは、もっと不作法だ。

かつて、私は『きれいの手口――秋田美人と京美人の「美薬」』（潮出版社）という本を出したことがある。

その中で、パリコレなどで活躍したヘアメークアーティスト、マサ大竹に話を聞いている。彼はモデルの山口小夜子らと世界を舞台に活躍し、現在も資生堂美容技術専門学校の校長として後進の育成に尽くしている。彼は明言した。

「自然と野性は違います」

この強烈な一言の後に、

「何もしないということは、干からびた土地が草ボーボーになっていることです。髪の毛もそう。何もしないと細くなってツヤもなくペチャンコになる。それは自然ではなく、不精ってことなんです。そういう人は、人生の何分の一かは損してると思いますね」

何という説得力だろう。

私の周囲にも不精者がいて、ある時、女友達がその人に思い切って忠告した。

「もう少し、自分に手をかけたら?」

するると、言い返されたという。

「私にはそうする時間もお金もないの。介護もあるし、金銭的余裕なんてゼロよ。自分に手をかけられる状態になんてありません。それに、私はナチュラルに生きたいの。若造りなんて大っ嫌い」

女友達はそこで引けばいいものを、「あなたをナチュラルとは言わない」と断じてしまった。言われた彼女は怒り、学生時代からの友人なのに、今では絶縁である。

私もかつて、同じ経験をしている。友人の一人が髪はぺっちゃんこで、顔には濃いめのうぶ毛が生え、シミが目立つ。唇はガサガサ、爪も白っぽく乾いて艶《つや》がない。なのにこの彼女、バカにするように、

「みんなよく化粧するもんだよね。日本人は肌がきれいなんだから、素顔がいいの。爪だって色々と塗りたくって、水商売かって。自然が一番きれいなのに」

と言った。名指しはしなかったが、特定の女友達を指していることは明らかだった。

とはいえ、私も「自然って、人を薄汚くするものね」とは言えず、

「ある年代になったら、素顔とは言わないんじゃないの？　顔なら洗いっ放し、爪なら切りっ放し……ってね」

と言った。この日以来、連絡は途絶え、今に至る。名指し同様にされた女友達は、

「あれからもっとトシ取ったわけだし、もう正視に堪えないんじゃないの？　私ら、見ずにすんでるからラッキーよ」

と言った。恐いが、わかる。

難しいのは「どこまでやるか」ということだろう。いつもきれいにしていたいと思い、自分に手をかけることは、ナチュラルに名を借りた不精より遥かに上位だ。

だが、若い人はそういう中高年を陰で、

「痛い」

と言っている場合もある。それもかなりの頻度で耳にする。

「痛い」は何とも切ない言葉だ。若い人でも言われることはあろうが、中高年がこれを言われるのは実にみじめだ。というのも、多くの場合、がんばっている姿について言われるからだ。たとえばバッチリと化粧していたり、若めのファッションをしてい

たり、エクササイズで鍛えた腕や脚を見せていたり、加齢を遠ざけるために努力している人に対し、「痛い」と言う。

「痛い」には、「やりすぎだってことに気づいてないんだよね」「いいトシなのに恥ずかしいんだよ」という揶揄がある。「痛い」は薄汚い不精者には使わない。

結局は「どこまでやるか」なのだと思う。

それには「エイジング・ケア」という言葉が、ひとつの指針になるように思う。つまり、「加齢に応じた手当て、手のかけ方」ということになろうか。

この言葉を念頭に置くと、突っ走りすぎたり、自信過剰に何でも取り入れたりということに対し、セーブが利くように思うのだ。結果、「痛い」という方向には行くまい。また、「ナチュラル」にもケアが必要なことにも気づく。

前述の書で、私はファッションデザイナーの横森美奈子にもインタビューしている。

彼女は言い切った。着る物について、

「もったいないからと古くさいもの、似合わなくなったものを着て、みすぼらしく見えたら、人生がもったいないでしょうよ」

ナチュラルに名を借りた不精者について、大竹も横森も期せずして同じことを言った。さらに、二人の同意見は、化粧でも洋服でも売り場のプロに相談せよということだった。とかく「売りつけられる」と心配するものだが、買わなくてもプロたちは相談に乗るのが仕事だとわかっている。何度も行き、顔なじみになることが大切だそうだ。そして、必要なものがあれば買えばいいのだという。

横森は言った。

「古いものは手入れが必要です。長くきれいに使うには、家でも車でも何でも手入れがいる。人間も年を重ねれば、そうです。服装に気を遣うことも、自分を手入れすることですよね」

これがすべてだろう。

少なくともある年齢からは、ナチュラルに名を借りた不精をさらさない。それは決して差別ではなく、作法だと思うのである。

## ♀ 自信満々すぎる

誰しも多少の自信は持っている。自信のある分野がある。それはまったく普通のことだと思う。

学生ならば何かひとつの教科に、あるいは絵を描くことなり、楽器を演奏することなり、何かひとつは、内心「私はかなりすごい」と誇って不思議はない。

美貌やスタイルやセンスや、学歴や職業や仕事の実績や、地位や周囲からの評価等々、自信を持たせる項目は人の数ほどあって当然だ。

だが、中には必ずいる。

「いいわね。私は何の自信もないし、自信なんて持ったことないわ……。人よりいいところなんてないもの」

こう言う人たちと、私もよく出会った。だが、私がこの年齢になるまで出会った限りにおいて、多くは口先の謙遜である。

　ましていて、幾人かが自分のたったひとつの自信についてしゃべっている時、このセリフで水をぶっかけてくれる女は不作法極まりない。たいていの場合、誰かに否定してほしいのだ。

「何言ってるのよ。あなたはスタイルいいし、英語は話せるし、オーラはあるし、あなたが自信ないんじゃ、私ら困っちゃうよ」

の類を言ってほしいのだ。だが、女はその辺の心理をよくわかっているので、そんなことは言ってやらない。無視である。すると、言ってくれるまで、

「私は何の自信もないし……」

　と言い続ける人もいる。こういう場合、私は無視するが、私の親しい女友達は、

「あなたが自信ないっていう気持、わかるわ。だけど、あなただって探せばひとつは何かあるものよ。大丈夫、自信を持って」

　と励ましたのである。もちろん、彼女の心理を十分にわかった上でだ。私や他の女友達は絶対に「私には言う度胸ないわ。あなたはすごい。おかげでスッとした」と言

い、みんなで夕ごはんをごちそうしたことを思い出す。

自信は多かれ少なかれ、誰もが持って当然だが、問題は自信満々で、自信が体中からあふれ出ている女である。始末に困る。いるのだ、こういう女が本当に。

学生であれ社会人であれ、「私ほどの者はいない」という「自信ほとばしり女」はどこにでもいる。姿も顔も自信に満ちあふれ、口にしてはいないのに「私ってすごいでしょ」「私だから許されるのよ」と、全身で語っている。

私がこのトシまでに出会った限りにおいて、その少なからずは「この人、自分のどこに自信持つの？　顔も見てくれもフツーだし、仕事だって、たまたま運がよかっただけじゃない」というレベルである。

今時の若い女の子が見たらきっと、

「自信持つほどの女じゃないじゃーん、見ためだってさァ。でもあの自信、笑えるから面白い……てか、痛くないスか？」

と言うだろう。

私が会社勤めをしていた時、イヤというほど身に叩きこまれたことがある。

それは「すぐに代替者がいることが、組織の力である」ということだ。「余人をもって代え難い」などと一応は言うが、組織というところ、たちどころに余人を四、五人リストアップする。そして、代えられた人はすぐに忘れられる。

これを冷たいとか、人間は歯車のひとつかなどと嘆くのは間違っている。企業、組織とはそういうところなのだ。余人をすぐに用意できることが力なのである。

私の在職中、幾人もの男子社員が長期病欠したり、また突然亡くなったりもした。むろん、見舞いの気持や哀悼の意は尽くしていたが、残酷に断言するなら、その人が欠けても困らなかった。すぐに代替者が取ってかわり、当初はモタつきがあっても、すぐにこなすのが常だった。それと同時に、欠けた人のことは忘れた。

私は単なる雑用事務員だったが、「組織の力とはこれなんだ」と思い知った。それを人道的でないなどと否定する気には、まったくなれなかった。ビジネスというものは、こういうものなのだと、誤解を恐れずに言うなら清々《すがすが》しくさえあった。

私が退職して十五、六年たった時、ある一流大企業の社長が、

「会社のために体を悪くしたり、命を落としたりしては絶対にいけない。会社はそれ

に報いるところではないからね」

と言った一言が忘れられない。すぐに代替者が取ってかわる現実を踏まえていればこその、社長の一言だ。

昭和三十二(一九五七)年、相撲界のトップである出羽海理事長(元横綱・常ノ花)が、割腹自殺をはかった。相撲協会のあり方を国会で追及され、追いつめられたとも伝わっている。

未遂に終わったものの、理事長室で腹を切るという行為は衝撃的だった。当然、社会もファンも驚愕し、相撲協会はどうなるのかと思っただろう。

だが、協会はたちどころに代替者を新理事長にした。角聖と崇《あが》められた元横綱・双葉山の時津風である。優秀な親方たちをブレーンに据え、時津風政権は空白を作ることなく動き出した。「双葉山」という伝家の宝刀を抜いて対処したおかげもあり、騒動はすぐに鎮まった。まさしく組織の体力を見た思いがする。

学生など若いうちならともかく、年齢を重ねた社会人女性が、「アタシほどの者はいない」とする態度は笑止。小物に見える。あなたの代えなど幾らでもいる。幾らでも。たとえ「あなたはすばらしかった。惜しい。痛手だ」と百万語を尽くされても、その日のうちに代替者は決まる。組織とはそういうものだ。

その認識は、どうも男性より女性の方が薄いように思う。その大きな理由のひとつは、男性が持ち上げるからだ。たとえば、

「あなただから、できた仕事だ」

「あなたがいれば、恐いものナシだよ。頼むよ、これからも」

「イヤァ、さすがいい仕事するねえ。右に出る者はいないね」

等々である。「女は扱いにくいから」の持ち上げかもしれない。時期が来ればたちどころに代替者を据えるのに、組織の男たちというもの、このあたりのテクニックはすごい。

また、職種によっては世間が持ち上げる場合もある。これとて代替者が出れば、簡単に前任者は忘れられるのだ。組織としては健全なことだろう。

自信満々の女性は、「私ほどの者は幾らでもいる。代えはすぐ決まる」と肝に銘じておくことが、何よりも救われるのではないか。

## ♀ちゃんと聞いていない

何人かで集まって、たとえば一緒に食事をしている時などによく出遭う不作法である。特に、誰かの自宅に招かれた時は、かなりの頻度で起こる。

みんなで何かを話題にして食事をしている時、誰か一人が「私にはそのことで、面白い話があるのよ」と言ったとする。

そして話し出す。みんなは面白がって聞く。彼女の話に熱がこもってくる。

その最中に、招いたホステス役が言う。

「ちょっと、これも食べてみて。ワサビでもいいけど、胡麻ドレッシングが合うのよ」

これは「話の腰を折る」というほどのことではないが、当たらずとも遠からずだ。

胡麻ドレッシングを勧められた側は、

「あ、おいしい。へえ、初めて」

などと言う。熱っぽく語っていた人は、かなり不愉快だ。中にはホステス役が不作法に気づき、

「あ、話、続けて。それでどうしたの?」

などと場を取り繕ったりする場合もある。が、話す方にしてみると、この取り繕いがかえって不快だったりする。ろくに聞いてもいないのに、「それでどうしたの?」もあるまいと思うのだ。

それでもまた続きを話し始めると、ホステス役は立ち上がって台所に行く。話し手は他の人たちを相手に話を続ける。すると、台所から声をかけたりする。

「お茶、あったかいのと冷たいのと、どっちがいい?」

するとみんなは、「冷たいの」だとか、「あったかいの」だとか答える。ここで話は完全に断ち切られる。だが、ホステス役にしてみれば、ドレッシングもお茶も、みんなに喜ばれたいからである。それを理解し、自然にここで話を打ち切る人もいる。

だが、中には「不作法はいけない」として、まじめに「それで?」と促す表情をす

る聞き手もいるのだ。話し手は、彼女が本気で聞きたがっているわけではないと察している。実際、「冷たいの」「あったかいの」の後、幾人かは別の話をしている。

だが、ここで話をプツンとやめるのは、かなり難しいものである。「もういいわ」と口にするのは幼稚だし、場の空気もしらける。とはいえ、もう続けたくない。

だが、どうやって途中でやめればいいのだ。自分では熱っぽくも佳境に入った話を、自然に切って終わらせるのは難しい。

これはテレビドラマの「打ち切り」とよく似ている。テレビの連続ドラマは、視聴率が限界以下になったり、復活が見込めなくなったりすると、途中で「打ち切り」と言われることがある。

たとえば当初は連続十回と約束されていた。脚本家は十回として、ストーリーを作っていく。ところが、五回目を書いているところで、「七回で打ち切り」と言われたとする。十回分の話を、急きょ七回で終結させなければならない。それも、ストーリーに自然な流れを持たせてである。

これに比べれば、友人間で話の腰を折ることなど、小さな問題だ。だが、仕事柄もあるのだが、どうもテレビドラマの「打ち切り」と重なってならない。

そして、そのテレビドラマは制作者側が幾ら熱っぽくても、視聴者は面白くもないのだ。それと同様に、話し手に幾ら熱が入ろうとも、その話はさほど面白くないのだ。面白ければ、みんな身を乗り出して聞くだろう。ドレッシングやお茶にも、適当に答えるはずだ。そうではなかったと気づき、話し手はさらに恥ずかしい。

こういうことは、一対一の時でもままある。こっちが一生懸命に話している時、聞き手の目がアチコチに動いている。目の動きというのは、向かいあって話している相手には、一〇〇パーセントわかる。

ある時、男友達が苦笑して言った。

「バーでママを相手に飲んでてさ、俺の話をうなずきながらよく聞いてくれるわけだ。こっちもつい気合い入れて話してると、突然立ち上がってドアの方に向かって、『あらァ、久しぶり。いらっしゃい』だってさ。俺の話なんて適当に聞いて、ずっと客が来るかどうかドアを見てたんだろな。目を動かさないんだから、たいしたプロの技よ」

すると、別の男友達も言った。

「俺の話に『ウソー!』とか『すごいわ。さすがァ!!』とか言いながら、ママってヘルプの女の子に『あちら、灰皿取りかえて』とか『おしぼり出てないわよ』とか指示してんだよなァ」

バーの場合はともかく、友人間の気軽な集まりでは、常に途中でドレッシングやお茶などが分け入ってくることを覚悟するしかない。

そして、そういう場において、自分の話はさほど面白がられないと認識し、一人で長くしゃべらない。ガードの手はこれしかあるまい。きちんと話す場ではないのだ。

昨今では、携帯電話の不作法がこれに当たる。

何人かの集まりだろうが、一対一だろうが、携帯が鳴ればすぐに出る人たちは、もう幾らでもいる。店内では話せないので、「ちょっとごめん」などと言っては、席を外す。

メールやLINEだとすぐにチェックする。私はその場で返信を打つ人とは会ったことがないが、そういう人もいるだろう。少なくとも、チェックをするだけで、十分に不作法だと思う。話の腰を折るのと同じだ。

私の古い友人に、会社経営者がいた。不況の時代をも、みごとな手腕で乗り切って来た女性である。ある年、その彼女が会社を後輩に譲り、自ら第一線を退いた。

私はずい分とお世話になっていたので、お祝いの食事会を開いた。一対一であり、二人でゆっくり話すのは本当に久しぶりだった。

ところがだ。彼女は携帯が鳴るたびに、すぐに出る。そして「ごめん」と言いながら、店の外に出て行く。

これが何度か重なり、時には長く戻って来ないこともあった。私が話している時であれ、彼女が話している時であれ、携帯が鳴ると話はそこでストップである。

彼女が店外に出ている間、私は一人だ。何人かの集まりならいいが、一人残されると黙って席にいるしかない。ボソボソと食べたり、チビチビと飲んだりしても間が持たない。

ただ、お祝いの席を主催した側としては、穏やかに笑顔でこの場を終えようと思った。短気な私にしては本当に珍しいことだが、内心ではうんざりしていた。早めに切り上げたかった。

かなり長く店外でしゃべっていた彼女は、やがて携帯を手に戻って来た。

「何度もごめんね。みんな、お祝い会を開きたいっていう電話だから、無下にもできなくてさ」

その言葉を聞いた時、「お祝い会の最中の私は無下でいいわけか」と思った。これも無神経で不作法なセリフではある。

昭和の時代、私たちは携帯電話のない社会で生きていた。電話をバッグやポケットに入れて生活することなど、考えられなかった。外出中にこちらから公衆電話をかけることはあっても、こちらにかかってくることはなかったのである。そういう時代であったので、何の不便もなかった。

今、便利な携帯電話を手放す必要はない。十分に活用すべきである。

とはいえ、場合に応じては、そのスイッチを切ってもそう不便はないのではないか。件《くだん》の彼女にしても、お祝い会の打合せは中座してやるほどではあるまい。

必要な場ではスイッチを切ることは、作法以前に知性ではないかと思う。

## ♀「私って」と言う

自分から言わない方がカッコいい言葉は、確かにあるように思う。

たとえば、

「私って○○なんです」

は、その典型ではないだろうか。

「私って涙もろくて、すぐ泣くんです」

「私ってこう見えて一人じゃ生きられないんです」

「私って意外と裏方が好きなんです」

等々である。

「私って」と言う人は、そう言うことで自己陶酔している。ナルシシズムであり、「不作法」とは違うとする考え方もあろう。だが、こちらは陶酔につきあわされるのだから、やはり不作法だろう。

昔、結婚狙いの女性たちは、男性との集まりではよく言ったものだ。今で言うなら合コンに近い。

「私って冷蔵庫の残り物で、おいしい物を作るのがダーイスキ！」

「私ってこう見えて、家の中のことやるのが一番得意よ」

昨今の若い人は、恋愛や結婚への興味が失《う》せている傾向だと聞くから、こうではないかもしれない。だが、かつての女たちは「私って」のオンパレードだった。トイレで隠れてタバコを吸ってる女が、平気で言ったものである。

「イヤーン、私ってタバコの煙ダメなのォ」

中には、

「私っていつも恋してるの」

なんぞとぬかすヤツさえいて、聞いているだけで赤面ものだった。「男たちが放っておかない私」をアピールしているのだろうが、彼女の恋の噂は聞いたこともなかった。

「私って」と言うのは、言ってほしいことを誰も言ってくれないから、自分で言うのである。家庭的であることも、すぐ泣くことも、恋多き女であることも、自分でアピールするしかない。

そのため、「私って」に続くのは、たいていがプラスイメージの言葉である。その女性をよく見せる言葉である。

「残り物料理が得意」とか「裏方が好き」とか、意外だと思われそうなプラス面を訴える。

間違っても、

「私ってお金のない人、嫌いなんです」

「私ってこう見えて、お風呂に入るのが面倒くさいんです」

「私って意外と底意地が悪いんですゥ」

などとは言わない。

ただ、マイナスイメージの強い言葉を、プラスに働かせて使う場合はある。

「私っていい加減なんです」

「私ってこう見えて、大雑把なんです」

「私って実は努力が苦手なの」

「いい加減」とか「努力が苦手」とかは、四角四面でお堅いイメージを払拭《ふっしょく》させると考えるのだろう。「意外と気楽で面白い人なのね」と思ってもらえるという狙いだろう。

どう考えたところで「私って」というのは、暗に自分で自分をほめていることだ。だから聞き苦しい。他人をつきあわせるのは不作法だ。

昔も今も、女性たちがよく口にするのは、

「私って好奇心が強いんです」

だろう。

自分で言うな！　と思うが、実によく自分で言う。「好奇心」が強いという言葉には、

「私って何でも知りたいの」

「私って何にでも興味があるの」

「私って知らないことをどんどんやってみたいの」

「私って他からどう思われても、やるの」

「私って活動的なの」

というアピールがあり、

「私ってだから若くいられるの」

でまとめられる。いや、自分でまとめる。

本当は他人からこう言われたいのだが、言ってくれないから、自分で言う。そう考えると、「私って好奇心が強いの」は「私ってツラの皮が厚いの」と同義だと思うのだが、自ら言う人は後を絶たない。

何も自分から言わずとも、そのように見えれば、黙っていても他人から言ってくれるだろう。

もっとも、この言葉の面白いところは、他人から言われると、単純にほめ言葉とは受け取れないことだ。自分から言う場合は、若さや活動的であることをアピールするほめ言葉として使うのにだ。

たとえば、他人から、

「あなたって好奇心が強いんですねえ」

と言われたら、すんなりほめ言葉と受け取れるか。むしろ、「何にでも首をつっこみたがる人」の匂いが強い気がする。その言葉の後に、

「だから若いんだなァ」

とでも明言してもらわないと、ほめ言葉にはなるまい。

最近はピークの時よりは減ったとはいえ、まだ「〜じゃないですか」という言葉を使う人たちもいる。

「私って好奇心強いじゃないですか」

自分でこうアピールしたあげくに、同意まで求めるのか。できることなら、そう言われる前に言いたい。

「あなたって好奇心強いものねえ」

ハラの中で「この首つっこみオバサンが」と思いながらだ。

私って底意地が悪いんです。

## ♀ 汚れに気づかない

本書を書くにあたり、男たちに「どんな時に女の不作法を感じるか」と聞いて回った。

すると一人が、

「汚れに対して平気な女」

と答えた。

確かに片づけが下手な女性はいる。だが、汚れていれば拭くし、洗うし、それは整理整頓が下手な人でも、当たり前にやることだ。

だが、彼の話を聞いていて、やっと気づいた。

女たちは「自分しか使わない小物」「他人の目に触れない小物」、そしてなぜか「しょっちゅう使う小物」の汚れを気にしない。男たちから見ると「汚れてるのに平気なんだな」とうつる。

どういう小物かというと、そこにいた男たちは次々に羅列した。たとえば、「テレビやエアコンのリモコン」「スマホカバー」「マイカップの茶渋」「コンセント」「冷蔵庫の取っ手」「自宅のマイスリッパ」「めがねケース」「名刺入れ」等々、幾らでも出て来る。私は心の中で「こんなことに気づくなんて、ろくでもない男たちだ」と毒づきながらも、いちいち胸にグサッとくる。

私が思い浮かぶのは、化粧品関係だ。化粧ポーチ、アイシャドウ用のチップ、コンパクトのパフ、スポンジ、頰紅のブラシ、口紅の紅筆等だ。

これらはいずれも、他人に貸すことはまずない。自分だけで使うものであり、チップが真っ黒であろうが、ブラシ類が多少固まっていようが、使える限りはあまり気にならない。むろん、すべての女性がそうだと言うのでは決してない。

また、冷蔵庫の取っ手とか、テレビやエアコンのリモコンとかコンセントなど、しょっちゅう使うものは、汚れに鈍感になっているかもしれない。もはや体の一部のようにスッとつかみ、スイッチを入れたり、ボタンを押したりする。しみじみと眺め、

「ずいぶん汚れたわ。きれいにしなきゃ」と定期的には思うまい。

スマホカバーや名刺入れ、めがねケースなどは他人の目に触れるが、非常に私的なものであって、その汚れやくたびれ方に目が注がれているとは思いにくいのだ。実際には注がれているのにである。

こうして、女性たち（しつこいようだが、すべての女性ではない）は、自分しか使わない小物、他人の目に触れない（と思っている）小物、しょっちゅう使う小物の汚れには関心が薄い。

私はある時、親しい女友達とデパートの洗面所にいた。すると彼女が、

「あーッ、汗で眉が消えてるわ。悪いけど、アイブロウ、貸して」

と言った。私は軽く「いいわよ」と化粧ポーチを開けて、困った。当時、私は削って使う鉛筆型の眉墨だった。削れば木がきれいで、芯も細く出る。

ところが、しばらく削ってなかったのだ。木は黒ずみ、芯は丸くペタンコになっている。親しい友人とはいえ、とても貸せたものではない。

「ごめん。アイブロウ、ポーチに入ってなかった」

と言ってごまかした。

もしも貸したなら、間違いなく「結構だらしないんだ」と思われただろう。彼女は「アイブロウ」という言葉を聞くたびに、私の顔と薄汚い鉛筆を思い出すことだてないとは言えまい。気は抜けないものだ。

今回、話をしてくれた男性の一人は、さらに面白いことを言った。

ある時、つきあっている女性の部屋に行ったそうだ。つきあって日が浅かったのか、部屋に行くのは初めてだった。

部屋に着き、中央に敷かれているラグに二人で座ったところまでは、しっぽりといい雰囲気だった。ところが、アイロンの電気コードが目の前をナナメ上方に横切っているのだという。

普通、プラグは部屋の低い位置にあるコンセントに差し込む。だが、そこはタコ足配線でいっぱいで使えなかったらしい。そこで彼女は、クーラー用の部屋の高い位置にあるコンセントに、プラグを差し込んでいた。

そのため、向かい合って座ると、二人の間を電気コードがナナメ上方に突っ切っているわけである。

「居ごこち悪くて、話どころじゃなかった」とぼやいた彼に、私は大笑いしたのだが、これは「慣れ」の行きつく果てかもしれない。

コードが横切っていようが、誰が訪ねてくるわけでもないし、テレビを見るのに邪魔にもならない。とり立てて何の不便もない。ならば仕事が一段落するまで、こうやって使っていようとなる。一段落しても、もう慣れたし業者を呼ぶのも面倒くさいしとなる。

結局、すっかり慣れて、当たり前の光景として暮らしていたのだろう。であるから、彼が来ても特に何も感じなかったのだと思う。

たまには関心の薄い小物をチェックし、きれいにすることは必要だと思わされる。そうでないと、コードがナナメ上方に突っ切っていても、何も感じなくなりそうだ。

それにしても、男はよく見ているものである。

## ♀木で鼻をくる

ものの言い方というのは、不作法を通り越して、時に致命傷になることがある。

「木で鼻をくる」ということわざは『男の不作法』でも触れたが、

「相手に対して無愛想で味もそっけもない態度をとること」

と書かれている（『岩波ことわざ辞典』時田昌瑞　岩波書店）。

私はこれを「固い木では人の鼻をしばれないのに、そういうひどい態度を取ること」だとずっと思いこんでいた。ところが違った。

同書によると、この「くる」は「こする」という意味だという。もっとも、幕末の狂画集『諺臍《ことわざへそ》の宿替《やどかえ》』には、木の枝で鼻を結んでいる絵があるそうだが、これは洒落《しやれ》か誤解かはわからないとしている。

誰しも、木で鼻をこすられるような不愉快な言い方をされた経験はあるのではないか。

ある時、私は新幹線のホームにいた。七十代から三十代までの五人ほどで、京都に行くためだった。ところが、最年少の三十代一人だけがまだ来ない。彼女だけチケットを買っておらず、みどりの窓口に寄っているはずだった。

特に混雑するような時期でもなく、私たちは全然心配していなかったが、七十代女性だけは、

「遅いわね。空席がないのかしら」

とエスカレーターの方ばかりを見ていた。

やがて、三十代は小走りにやって来た。七十代はホッとしたように、

「よかった。買えたのね」

と笑顔で言った。

するとその三十代、ピシャリと、

「買えなきゃホームに入れません」

と言ったのである。

七十代は、

「あら、ホントね」

と穏やかに言ったが、私を含めて全員がびっくりしたのは、その表情からわかった。

一人は私に小声で、

「本性見たね。チームでやる仕事では、ああいうバカが一番困る。これっきりね」

と囁《ささや》いた。

自分のミスでチケットを買っておらず、最年長が心配しているのに、あの言い方こそ「木で鼻をくくる」だろう。

もうひとつ、よく聞くセリフがある。たとえば誰かが、

「りんごをたくさん頂いたんだけど、持って行かない？　りんご、食べる？」

と聞く。すると、

「あれば食べます」

と言う人が必ずいる。必ず。

こんな言い方がどこにある。知性のカケラもない。これも「木で鼻」の類で、非常

に不快な言い方である。私は今までに何人からこう言われたかわからない。すぐにニッコリして、

「あ、じゃ無理しないで」

と言う。私の周辺の人たちはほとんどがこう言って引っ込めるが、世間では言った手前、あげる人の方が多いらしい。友人たちはそう言う。

ただ、加齢と共に私もわかって来た。新幹線のチケット女にしても、あれば食べます女にしても、照れというかひけめというか、そういう思いがあるのかもしれない。一人だけ買っていないことへの、また、「何かをもらう」という行為に対しての、虚勢。「嬉しい。食べる食べる！」と言うのは好まない。でも欲しい。そこで、

「あれば食べます」

で、自分のプライドを保つ。

考えてみれば、この言葉は、額面通りに受け取るならば、

「買ってまでは食べないけど、嫌いということでもなく、家にあるならば食べるという程度ですね。ですから頂けば食べますよ」

ということだ。それでもらったりしては、かえってプライドが傷つかないか？　ならばいっそ、断ればいいのである。

確かに、相手の厚意を断ることは本当に難しい。断る時はストレートに言った方がいいとする人たちも多いが、それはとても難しいことだと思う。ストレートはわかりやすいが、木で鼻をくくる率も高いのではないか。

私にはワインとチーズが大好きな女友達がいた。ある時、とてもいいチーズを見つけたので、よく合うワインと一緒に送った。すると、大変な喜びようの電話が来た。彼女とは古いつきあいなのだが、こんなに喜んでくれるとは思いもしなかった。

すると後日、彼女の住む土地の名産品がお返しに届き、今度は私が大喜びした。そしてそれ以来、クリスマスの頃に私がワインとチーズを送り、お正月用にと彼女が名産品を送ってくれる。それが十年ほど続いていただろうか。彼女が東京を離れて故郷に帰ってからは、会うことはめっきり減ったが、年末年始のこのやりとりは、いいものだった。

するとある年のクリスマス前、突然、彼女から電話があった。お互いに、

「久しぶり！　元気？」

などと言うなり、突然、彼女が言った。

「ねえ、もうワインとかのやりとり、やめたいの」

ストレートもストレート、剛速球である。びっくりして、すぐには返事もできずにいると、彼女もストレートすぎると思ったのだろう。

「大好きなのよ、ワイン。チーズもすごく嬉しいの。もうホントに大好きで、届くと嬉しくて嬉しくて、すぐ飲んじゃお！　となるほどよ。もう大好きなんだからァ。ありがとう！　本当にありがたくて」

今度は延々とこうである。これをずっと聞いているうちに、私は冷静になっていた。

「そうよね、梱包して送るのも大変だし、じゃ、今年からナシにするね。でも、またおいしいのを見つけた時には送るね」

最後の一言は、こういえばプツンと終わらず、いいと思ったのである。私は剛速球を受け、木で鼻はくくられた。だが、絶交するとか怒りにうち震えるとかそれほどのレベルではなかった。

だが、彼女の次のセリフには驚いた。

「私、引っ越すかもしれないから」

これはありえないことだった。親の残した故郷の土地に、家を改築したばかりだったのだ。そうか、ここまで言わせるほど、イヤだったのか。理由は見当もつかなかったが、こうもイヤがってることだけは、ハッキリとわかった。

致し方なく、

「そう。じゃ、新しい住所が決まったら知らせてね」

と言って、電話を切った。

こう言うしかなかったのだ。

むろん、今も彼女は転居せずに、故郷の家にいる。

当然私に何か非があったのだろうと考えていると、別の友人から「もう東京時代の友達とは年賀状だけにするんだって」と知らされた。年齢もあって、交友関係からすべて、故郷に軸足を移すのだという。

そう言ってくれればいいことを、とにかくストレートに断ろうと思ったのだろう。

ありえない転居まで持ち出したことが、何だか痛かった。
同時に、ストレートと「木で鼻」は紙一重だということをつくづく感じる一件だった。

## ♀「お金がない」と言う

何かというと、すぐに、

「お金ないから」

と言う女たちがいる。

お金というもの、普通はないのである。

中には事業で成功し、若くして何十億、何百億を手にする人もいるし、週刊誌などの「CMクイーンランキング」などでは十代、二十代で出演料が一本何千万という人たちもいる。プロスポーツで成功する人たちもいる。

こういう人たちは、世の例外なのだ。めったにいない人たちであり、あまりに額がケタ外れで、自分と比べる人もそういないと思う。

だが、現実に余分なお金が全然なく、切りつめて生活しなければならない状況の中

にあって、ことあるごとに、

「無理。お金、ないから」

と言うのは、いいのか悪いのか。

正直に言っているのだから、いいとする人も多いだろう。だが、聞き苦しいことは確かだ。「お金がないから」「お金がないもの」と言い回ったところで、お金をもらえるわけではない。

ならばわざわざ言わない方が、上品で垢抜《あかぬ》けているのではないか。

断るなら、他の理由を言えばいい。それを「見栄っぱりだ」とか「ウソの理由でごまかすより、ないものはないと正直に言う方が正しい」とする人もあろう。それも正しい。一方、「聞きたくない」「みっともない」とする人たちもいるのである。

「お金がない」とわざわざ口にしないのは、これは作法というより、エレガンスやダンディズムの範疇《はんちゅう》だろう。

私が会社勤めをしていた頃、すぐ「お金がない」と言う女たちはいたが、その中にいつでも笑って冗談めかして言う人がいた。

「ヤダァ！　お金ないわよォ。パス」

「ダメよ、お金ないもん。誰か出してくれる？」

という具合だ。冗談めかせば深刻にならないと思っていたのかもしれない。とても健気《けなげ》だと思う。だが、いつもいつもそう言っているうちに、感覚がマヒしてしまったのかもしれない。初対面の人たちと話している時、

「あそこのケーキ、おいしくて有名ですからね。でも、私は食べたことないんですよォ！　お金ないですもん」

いつものように、笑って冗談めかして言ったのである。すぐ横にいた私と女友達は焦った。何も初対面の人にこう言う必要はないだろう。それに、たかだかケーキではないか。貧乏くさい正直者になってどうする。

もうひとつ「お金欲しい」という言葉も、口にする必要はまったくないと、私は考えている。

誰だってお金は欲しい。たとえ、たくさん持っている人でもそうだろう。まして、現実に切りつめて生活していたり、年金で懸命にやりくりしていれば、心から「ああ、

お金が欲しい……」と思うことは多いはずだ。

だが、これも口にすればお金が入ってくるわけではない。これを言わないことも、ダンディズム、エレガンスの範疇だろう。

本書を準備している時、五十代の女性が言った。彼女の父親は早く亡くなり、母親は年がら年中、「お金が欲しい」「お金がない」と言っている人だったという。

その彼女は、母親を反面教師にしていた部分もあったと言う。「見栄っぱり」と思えるほど、みっともないところは見せずに生きて来たそうだ。

そして高校生のある日、彼女の自宅に友人たちが五、六人集まって、テスト前の勉強会をやったという。自宅は亡父が遺したもので、友人を呼んでも恥ずかしくないランクだったそうだ。

勉強の中休みに、女子高生たちは「今、一番欲しいもの」についてしゃべり、笑っていると、そこに母親が茶菓を持って入ってきた。女子高生たちはお礼を言い、一人が、

「お母さんの、今一番欲しいものは何ですか」

と問うた。すると母親、

「現金」

と即答。

今、五十代になった娘は、私に言った。

「恥ずかしくて恥ずかしくて、何とか取り繕いたかったんですけど、できませんでした。友達もみんなシーンとして、お茶飲むしかなくて」

あれから四十年近くがたつというのに、彼女は今も、あの恥ずかしさは忘れないと言う。そしてあの時、自分は絶対に「お金がない」「お金が欲しい」とは言うまいと誓ったそうだ。

「日本人はお金のことを言わなすぎる」とは、よく聞く言葉である。たとえばお金の話をしたくなくて、仕事をあいまいなまま引き受けるケースがある。結果、仕事に入ってから、その金額があまりに低くて問題になったとか、何かを依頼する際に、謝礼や支払いについて先方も自分も語らず、後で問題になったとかである。

最近の若い人は変わってきたと思うが、お金の話はあまりしたくないという傾向は、

日本人には確かにあると思う。読売新聞（二〇一八年七月二十五日付）に、

「治療とお金のこれから」

として、六段を使った大きな特集記事があった。これは一年七か月をかけて「いのちの値段」を追った企画のスペシャル版である。

その中で、食道がんを体験した作家・作詞家のなかにし礼が、

「延命治療や臓器移植と費用の問題もタブー視され、蓋をしたままに見える。社会でもっと語られるべきだ」

と語っている。

この「タブー視」という感覚は、日本人がお金について語りたがらないことの根本ではないだろうか。まして、人命にかかわることや仕事のこと、いわば「聖域」「仁術」にお金の話はタブーという気持は強いはずだ。

日常的なことにしても、たとえば寄付金からお祝い金に至るまで、お金の話はしにくい。内心ではそればかりを考えているとしてもだ。そこには、すぐにお金のことを言う人に見られたくないという気持もある。

なのに、「お金がない」「お金が欲しい」と、すぐに言うのも不思議なことだ。

さらに困るのは、夫の給料が少ない、夫の稼ぎが悪いと、口にする妻である。「だから、お金がない」となり、「お金が欲しい」となる。

私が見てきた限りにおいてだが、こういう場合は子供も、

「うち、お金ないから」

と言う場合が多い。おそらく、妻はいつも「パパは安月給だからお金がない」とか「パパよりママの稼ぎの方がマシなんだから」とか、子供の前でも言っているのだろう。あるいは誰かにそう言っているのを、子供が聞いているのかもしれない。

子供が家庭の経済状態を知っておくことは必要とはいえ、小さい子が「うち、お金ないから」と言うのは切ない。

「お金ないから」「お金が欲しい」と口にするメリットとデメリットを考えてみれば、デメリットの方が大きいのは自明の理。ならば言わないに限る。

# ♀自然体至上主義

いつの頃からだろう。「自然体」という言葉が口にのぼるようになり、一気に世間の、特に女性たちの心をとらえたのは。

「人間は自然体で生きるべきなのよ。他からの力に自分を合わせたり、我慢したり耐えたりって、人間にとって不自然だからストレスになるの」

「それなの、それ。それで体を壊したりするの。ありのままの自分で、自然に生きることが人間らしいの」

ある時、母親たちの会合に行ったことがある。二、三歳から高校生までの子供を持つ母親が、二十人くらい集まっていただろうか。

「自然体」という言葉が世に出始めた頃だったかもしれない。とにかく自然に、あるがままの自分で生きることこそが、すばらしいとされていた。

「男の子でも痛い時は痛いと泣き叫んでいいのよと、子供には教えています。嬉しい時は大声をあげて飛び上がっていいのよって。それが人として自然なのに、『男らしく』なんて強制する人はまだいる。時代錯誤です。力を入れず、自然に生きると心も穏やかになります」

「ありのままの感情を表に出して、自分らしさに従って生きたいということは、人間の本能です。そういう生き方をみんながすれば、争いもいじめもなくなると思います」

「今まで日本人は『らしさ』という教えに苦しめられていたんです」

とても活発な会だったし、母親たちの言うことはよくわかる。他からの力に合わせたり、感情をおし殺して生きることは、人間をスポイルする。よくわかる。

だが、彼女たちの自然体に対する思いは、憧れを通り越して唯一神を崇めるような迫力を感じさせた。

私も自然体は肯定する。ただ、正反対の考え方をも知った上で、讃美する必要がある。つまり、「不自然体」の考え方だ。

ある雨の日のことだ。私が地下鉄の座席にいると、小学校一年生くらいの少年が乗って来た。そして、乗ってくるなり派手に転倒した。雨で床がすべりやすかったのだ。ランドセルを背負ったまま床に叩きつけられた少年を、すぐそばにいた婦人が助け起こそうとした。他の客も私も腰を浮かした時、少年はひっくり返ったまま言った。

「僕、男の子だから自分で立てる」

少年は逆さまになったテントウ虫のように体の向きを変えた。ちょっと大変そうだったが、乗客はみんな見ぬふりをしていた。誰の口元も優しく緩んでいたと思う。

少年はやがて立ち上がり、平然と手すりをつかんで立ち続けた。乗客は誰一人として「大丈夫？」とか「痛くない？」などと聞かなかった。

おそらく乗客の誰もが、これが少年にとって「男の身の処し方」であり、「男らしくある」ことなのだと思ったのではないか。私はそう思った。

そしてその時、ずい分と前に見たテレビドキュメンタリーを思い出していた。

それは小学校高学年くらいの少年が、重い病気で死の床にある話だった。入退院を繰り返し、痛い治療に耐え続け、それでも笑顔を忘れない。幼気《いたいけ》な子だった。父親はおらず、母親と妹を悲しませたくないがために、つらくても素振りにも見せなかったのだ。

やがて死期が迫り、少年自身もそれを十分に承知していたし、幼いながら妹も大変なことが起きるようだと予感していた。だから、妹はベッドの兄の前でポロポロと涙をこぼし、声をあげて泣いた。たぶん、「死」の意味はわからなかっただろう。だが、優しい兄に関してどうにもならないことが起こる恐さを、わかっていたのだと思う。

そんな妹の髪を撫《な》で、兄はベッドから優しく言った。

「泣いちゃダメ。女の子はお母さんになるんだから、泣いちゃダメだよ」

自然体を至上とする人たちは、「男の子だから」や「女の子は」という言い方も良しとしないだろう。

つまり、地下鉄で転倒した少年は痛さを訴えて、ビービーと泣き叫ぶ方が自然だったかもしれない。だが、彼は自分を抑え、そうしなかった。病床の少年も、妹と一緒に泣いて「もっと生きたい」と叫んでもよかったのだ。あるがままに、自然にだ。だが、自分を律してそうしなかった。

不自然体の生き方、考え方のベースには「やせがまん」があると思う。

これは日本の精神文化のひとつであり、その文化が人間を間違った方向に走らせたり、苦しめたりしたこともあったはずだ。

ただ、不自然体をも教えて育てる。そんな親をも評価すべきと思う。地下鉄の少年も病床の少年も、抑制の意識を持っている。これもまた、自然体と同じようにひとつのあり方、考え方、美意識だろう。

オリンピックであれ、学校のスポーツ大会であれ、ゲームで攻撃がうまく決まると、チームメイトたちは喜びを全身で表す。ハイタッチをし、抱き合い、嬉しさのあまり床に寝てしまう選手たちもいる。個人プレーの場合は、ガッツポーズや拳で天を衝《つ》く。雄叫《おたけ》びをあげる。

これはまさに自然体であり、わきあがる喜び、感動を素直に表している。意識せずともほとばしることもある。それを抑えこむのではなく、見せることはとても人間らしい。

一方、たとえば相撲である。将棋である。柔道、剣道、囲碁などもだ。日本の武道や技芸、対局などの多くは喜びを抑えこむ。そう教育されていたり、また先輩のふるまいを見て学習する。

相撲の場合、もしも前頭力士が横綱に勝っても、絶対にガッツポーズはしない。喜びを爆発させて雄叫びをあげることはない。絶対にだ。

かつて、ある前頭力士が横綱に勝ち、思わず小さく小さくガッツポーズをした。私はそれをテレビで見ていたが、お腹のところで「ヤッタ！」とでも言うようにグッと手を握った程度である。

が、その力士は部屋に帰ってから、師匠にこっぴどく叱られたと後にコメントしている。師匠はおそらく、

「みっともないまねするんじゃないッ。嬉しくても悲しくても、顔に出すなッ」

ということを言ったのだと思う。

私は貴乃花が二十代前半の頃に対談しているが、その時、明言していた。

「師匠には喜怒哀楽を顔に出すな、勝ってもベラベラとコメントするなと言われています。負けた相手がいるんだからと」

また、私は永世棋聖の米長邦雄門下の中村太地王座から、三年間ほど将棋を習っていた。この世界も「不自然体」の極みである。それも対局中に「負けた」と確信した時点で、両膝に手を置き、静かに頭を下げ、

「負けました」

と言わねばならない。その時、対戦相手は雄叫びをあげることも、ガッツポーズも絶対にしない。そうすることが自然な状況であってもだ。敗者と同じように静かに頭を下げ、相手の敗戦の弁を受けるだけである。

十五歳になりたての藤井聡太四段（当時）が加藤一二三九段に勝った時の、このシーンを多くの人はテレビで見ているだろう。七段に昇進した今でもそうだが、藤井は勝っても負けても相手より長く、深く頭を下げる。相手への敬意が、感情の爆発を封じているように見える。

柔道でも印象的なシーンがあった。

一九六四年の東京オリンピックである。柔道の無差別級で、神永昭夫はオランダのヘーシンクと決勝に臨んだ。柔道は日本のお家芸、まして無差別級はその核だ。神永

は絶対に負けられない。銀メダルでは負けたも同然なのである。一方のヘーシンクも、何としても日本の本丸を崩さねばならなかった。柔道を国際的なものとして認めさせる上でも、「神永越え」は絶対不可決だった。

結果、ヘーシンクが鮮やかに一本勝ちした。その瞬間、ヘーシンク側のオランダ人スタッフが喜びのあまり、畳の上にかけのぼろうとした。まだ神永を押さえこんでいた状態のヘーシンクは、瞬時にして手を突き出した。「来るな」というように制止した。

スタッフはおそらく、武道館を揺るがす大歓声の中でヘーシンクと抱きあって勝利を喜びあいたかった。共にガッツポーズをしたり、雄叫びをあげたりしたかったのだと思う。それは自然なことだ。まして外国人はそうだろう。しかし、柔道家のヘーシンクは、外国人であってもそうすることを潔しとしなかった。「不自然体」を貫いた。負けた神永はまだ畳の上に横たわり、茫然としていた。「負けた相手がいるんだから」という言葉も、「相手への敬意」という考え方も、外国人柔道家は身につけていたのだと思う。

言うなれば、あるがままの「自然体」と、やせがまんの「抑制」と、母親は両方を教えておくことが必要ではないか。どちらかに過剰に偏《かたよ》ることは、状況によっては不作法にもなるし、本人のプラスにもなるまい。

## ♀ 挨拶ができない

ある時、犯罪事件のニュースを見ていて、面白いことに気づいた。

テレビのニュース番組やワイドショーなどでは、たいていの場合、犯人の近所の人たちや、学生時代を知っている人たちにコメントを求めている。

すると、それが北海道であれ九州であれ、もう圧倒的多数の人が同じことをいう。

「とても信じられません。会えば必ず挨拶してくれるし……」

「明るくて、必ず挨拶してくれる人でした」

また、被害者についてもだ。

「いい人でしたよ。いつも挨拶を返してくれました」

「どうしてこんな目に……。明るくて元気で、きちんと挨拶できる子でした」

犯人であれ、被害者であれ、また老若男女の誰であれ、人々の口からは「挨拶できる人だった」という言葉が、相当な確率で出てくることに気づく。

それを聞く視聴者の多くは、おそらく、「そうか、ちゃんとした人だったんだなァ」と思わされるだろう。

かつては「挨拶」は当たり前のことであり、老若男女の誰もが口にし、男たちは帽子を取り、笑顔を向けたり、頭を下げたりしたものだった。

それが、いつの間にかできない人、しない人が増えた。それに応じて、社会は「挨拶しよう」「挨拶は大切」と口うるさく言うようになり、特に若い人たちは「挨拶」という言葉を聞くだけで、うんざりした顔をする。あまりに言われすぎて、その言葉には力がなくなってしまった。

だが、「挨拶できる人か否か」という問題は、おそらく本人が考えているより遥かに大きい。この不作法は「命取り」になる。

それを一番よく知っているのは、社会の前線で仕事をしている年代だろう。なのになぜか、その年代に「挨拶できない人」は少なくない。

挨拶は「おはよう」「こんにちは」だけではなく、お礼を言ったり、ねぎらったり、謝ったり、見舞ったり等々の種類がある。大人になるほど、それらは増える。

さらに、これらの挨拶にはタイミングがある。多くの場合、早くする方がいい。すっかり忘れていた頃にお礼や謝罪をしては、逆効果の場合も出てくる。

それらの挨拶がきちんと、的確にできることが、大人には必要不可欠なのだと思う。

私はある時、びっくりすることに出遭った。かなり前のことだが、今でも忘れられない。

その頃、私はある審議会の委員だった。委員は「社会の前線で仕事をしている」年代の男女だった。四十～五十名くらいいただろうか。

全員が各分科会に所属し、議論し、決めるべきことや方向性を示したりする。私は「敬語」を議論する分科会だった。たとえば、挨拶においてどう敬語を使うかということもテーマだ。また、誰の方から先に挨拶するのかということも出た。

中学校の廊下で、教師と生徒がすれ違ったと仮定する。生徒から先に、

「先生、おはようございます」

と言い、教師が、

「オオ、○○君、早いね。おはよう」

などと返す。これがまずは普通だろう。

すると、女性委員の一人が異を唱えた。公立中学の現役教師だったはずだ。何分にも昔のことで、一言一句定かではないが、次のような内容のやりとりがあった。

「挨拶は生徒の方からしなければならないというのは、間違っています」

彼女はそう言うと、明言した。

「挨拶は気づいた方からすればいいんです」

なるほどと思った。そうか、これは一理ある。さすが現役教師だ。

すると、彼女はさらに言った。

「生徒が『ございます』をつけて挨拶し、教師はつけないというのも、違います。それから教師には『先生』をつけて、生徒を『君づけ』で呼ぶのも正しくありません」

何かおかしな方向に行っている……ような気がした時、誰かが言った。

「目上の人間には敬語を使いますからね」

彼女は断じた。

「みな同じ人間です。そこに上下とか優劣はありません。同じ人間ですから、敬語という考え方がそもそもおかしい。教師も生徒も気づいた方から、『おはよう』と言えばいいんです。私はそうしています」

そして、

「みな同じ人間です。切れば同じ赤い血が出ます」

と言った。

室内に少し沈黙が流れたと記憶している。彼女の説はまさしく正論で、誰もが咄嗟《とっさ》に反論しにくかったのかもしれない。

そんな中で、とにかく私が手を挙げた。反論は難しいが、彼女が全面的に正しいとはとても思えなかった。

「今のお話ですが、確かに誰もが同じ人間で、そこに上下も優劣もありません。ただ、立場の違いというのは厳然とあります。教え諭したり、教えを授けたりする教師と、それを頂く生徒、学生とでは立場が違います。会社で長く働いてきた部長と、昨日入った新入社員は人間としてはまったく同等ですが、立場は違う。そこに敬語が使われるのは、差別とか不平等とかいうことではないでしょう」

　この内容を言った私に、彼女は強く、

「同じ人間です。切れば赤い血が出ます」

と、また答えた。

議論にならないなと思った。こうなると、「気がついた方からすればいい」という説も、納得できなくなっていた。

もしかしたら、私と同じように思った委員が多かったのかもしれない。よく覚えていないが、彼女にそれ以上深入りすることはなく、「敬語」についての答申を出すべく議論が続いたはずだ。

後になって、私が恐いなァと思ったのは、彼女が「私はそうしています」と言ったことである。

「みな同じ人間。切れば赤い血が出る」を錦の御旗として、敬語も敬意表現も不当なものとして拒否し、気がついた方から挨拶する。立場も長幼の序もなく、「ハーイ!」「どもども」と交わす。

それが人間として正しいのだと伝え、それを生徒が守ったなら、これは恐い。こんな生徒が量産されては一大事だ。

友人同士では問題ないが、それを「挨拶」とは言わない。「おはよう」からお礼、詫びに至るまですべての挨拶は、人間関係をなめらかに回すものであると考えると、テキトーにはできない。

加えて、最近の若い人は声が小さい。男たちでもだ。「挨拶したのに聞こえなかったみたいで……」と言う声はよく耳にする。

ある人が言っていた。

「聞こえない挨拶は、しなかったことと同じ」

名言である。

## ♀ 気を遣いすぎる

人間関係を円滑にするためにも、気遣いはとても大切なことであり、それができる人は周囲を穏やかにする。

が、何ごとも「過剰」はマイナスで、気遣いにも過剰な人がいる。どうも女性に多いように思う。とはいえ、これはいくら過剰でも相手を傷つけることはない。ただ、不快である。

何人かで話している時、たとえば、

「そうですよねえ」

「気持はわかりますよ」

「すごーい」

「ホントですか？」

の類しか言わない人がいる。あまりのつまらなさに、会話をするのがイヤになってくる。親しい友人同士であっても、こういう反応をする人はいると聞き、ちょっと驚いた。その場合、「そうだよねえ」とか「えーッ、ホントに？」とか、口調はくだけるのだろう。

たぶん、推測するに、

「場の雰囲気を壊したくない」

「何か言うと、自分がそういう人間だと思われる」

が大きな理由としてあるのではないだろうか。

テレビのコメンテーターを考えるとわかる。コメンテーターの中にも、気遣い過剰だなァと思う人たちはいる。

コメンテーターたちは、政治経済からスポーツ、芸能、文化、犯罪事件、社会問題、その他あらゆる事象についてコメントを求められる。それが仕事で呼ばれているからだ。

とはいえ、どんな人でも、すべてのジャンルに精通しているはずはない。そのため、ハッキリと言うのはおこがましいと思うこともあろう。また、ハッキリと言いたくないテーマもあると思う。おかしなことを言えば叩かれる。すぐに炎上する社会だ。

そうなると、たとえば殺人事件についてのコメント、

「早く犯人が捕まるといいですね」

「お子さんをお持ちの方は、ご心配ですね」

の類になる。また、災害のニュースなどには、

「みんなで頑張ってほしいですね」

となり、混乱する政治に対しては、

「お互い歩み寄ることが必要ですよね」

などになる。

もう少し自分の意見を言わないと、かえって場の雰囲気が壊れ、「あの人はつまんないことしか言えない人」と思われるのがオチではないか。

これは現在の各番組のコメンテーターを指しているのではなく、何十年もそういう番組を見て来て、言っているのである。私も気を遣うようだが、そういうことである。

よく「話していてもつまらない人」とか「話題がない人」とか言われる人が、新聞や雑誌の「人生相談」などに、

「どうしたらいいのでしょう。自分ではちゃんとしているつもりなのですが、友達も少なく、恋愛とも無縁です」

というような悩みを寄せている。

むろん、その原因は色々とあろうが、「過剰な気遣い」から自分の意見を言わず、「そうよね」「ホント?」「早く解決するといいね」「みんなで頑張ってほしいね」の類ばかりを言っているからではないか。私はその原因は小さくないと思う。

だいたい、例に出した答えは、どんな話題にも使い回しできるのだ。

「A子とB男、離婚するらしいよ。あんなにベタベタだったのに、もめてンだって」

「早く解決してほしいよね」

さらにまた、

「今度の幼女殺害事件、あなたどう思う?」

「早く解決してほしいよね」

でいける。

「トランプ大統領が、車の関税二五パーセントにするって言ってるじゃない。うちもあなたのとこも夫は自動車会社だし、ねえ、給料にも響くのかなァ」

「早く解決してもらいたいよね」

これでは「つまらない人」と言われて当然だろう。友達の離婚から貿易戦争に至るまで何を話題にしても、言うことは当たり障りがなく、どれも似たりよったりとなれば、話題のない女とも思われるだろう。

テレビのコメンテーターが、本職におけるイメージを大切にしたり、ハッキリと自説を言わないことについては、呼ばれてそこにある覚悟を疑うとはいえ、気持はわかる。

だが、私人が私的な場で過剰な気遣いをするのは、不作法だと思う。敢《あ》えて言うが「過剰な」である。

加えて、女性には特有の「過剰な気遣い」がある。「女性に特有」と断言したのは、私がそういう男性とは一度も会ったことがないということに過ぎない。

その日、私は女友達二人と食事の約束をした。私は連続テレビドラマを書いている最中だったため、約束の日を決めながら、二人とも、

「いいの？　大丈夫なの？」

「無理しないで」

と言った。いくら連ドラの最中であっても、友達とも会えるし、外でゴハンも食べられる。行きたい集まりにも行ける。

私たちは三人のいい日を決め、手帳に書いた。店はどこにしようかとなり、一人が店名をあげた。都心からは少し外れていたが、評判の店で、私は行ったことがなかった。

「行ってみたいわ。そこにしよ！」

私が勢いこんで言い、一人がすぐに予約を入れることになった。

そして、楽しみにしながら待ったのだが、これからが「地獄」だった。二日おきくらいに、二人から電話が来るのだ。

「ねえ、ホントに大丈夫なの？　無理してるんじゃないの？」

「大丈夫よ、大丈夫。ちゃんと予定に入れてるから」

「なら、お店、もっと近くにしようか」

「ううん。私、あの店に行ってみたかったって言ったでしょ。あの店がいい」

後日、また電話が来る。

「あなた、忙しい最中でしょ。無理しなくていいのよ」

「してないってば。友達とゴハンも食べられないほど忙しくないわよ」

「そう。ならいいけど、連ドラ書き終えてからとか、別の日にしようか」

「気を遣わないで。行けるから行くって言ったのよ。何の問題もなしよ」

私は何ら無理はしておらず、言葉にまったくウソはない。だが、二人は忙しいはずだと気遣いしていることがよくわかる。そうであるだけに、私は電話のたびに「楽しみにしている」と伝えた。

さすがにわかってくれたのか、何日か電話がなかった。ところが、ある夜、かかって来た。

「ね、二人で話したの。今回はやめて、別の日にしようよ。その方が、あなたもホントはいいでしょ。やめよ」

ずっと「地獄」に我慢してきたが、ついにプッツンと切れた。

「わかった。じゃあやめて、改めて決め直そう」

「ごめんね。私たちが言い出して合わせてくれて。最初から無理だったんでしょ。申し訳なかったわ。暇になったら行こうね」

暇になっても、誰が行くか！

テレビ局の楽屋で、ある女優とこの話をした。すると彼女、言ったのである。

「私もさんざん、そう言われてきました。OKだからOKを出して、楽しみにしているのに、うんざりします。私はたいてい、やめちゃいますね」

いかにも忙しそうな人たち、たとえば、いつもメディアに顔が出ている芸能人や、会社経営者やジャーナリスト。また医師や、受験生の親や病人を抱えている人など、そんな環境や職種の人たちは、私どころではなく「地獄」の気遣いを受けているだろう。

そういった人たちは、後でドタキャンすることもゼロとは言い切れないが、ハッキリと約束した日は、基本的に大丈夫なのである。夜に仕事がないとか、介護を誰かに頼めるとかでOKを出し、約束したのだ。

なのに、その後で「地獄」の気遣いをされ続けては、たまったものではない。どんなに多忙な女優であろうと、介護中の人であろうと、本人がOKを出した日はOKなのだとわかった方がいい。

私は結局、行きたかった店に行けず、別の女友達にぼやくと、彼女は言った。

「バカねえ。そういう時は言えばいいの。『あら、私はOKだし、せっかく店も予約してるんだから、別の人と行くわ。あなたたちとはまたねー!』って」

「そうか、気がつかなかった」

「まったく、脚本家が私にセリフを教わってどーすンのよ」

ごもっともです。

## ♀ 若い人の輪に入りたがる

若い頃、「年を取ったら、これだけはやるまい」と固く誓っていた。

若い人の輪に入りたがることである。

会社勤めをしていた時、昼休みは昼食をすませた後の、実質四十分くらいだった。デスクで新聞を読む人もいれば、構内をジョギングしたり、キャッチボールをする人たちもいた。会社は造船所だったので、敷地が広大だったのである。コントラクトブリッジや将棋で戦ったり、また木目込み人形を作る人たちもいた。

そのどれをもやらない人も多く、そんな女子社員たちはお茶を飲みながら輪になり、女性誌を開いてはおしゃべりをしていた。私はほとんどこれで、同年代の仲良したちとで輪を作っていた。誰もが二十代前半から半ばだった。

するとよく、年配の女性社員が輪に入ってくる。年配といっても、せいぜい四十代半ばから後半だったと思う。その年代を、昨今では誰も「年配」とは言うまい。だが、当時はそうだった。二十代前半の私たちにしてみれば、考え方からファッション、好み、興味の対象に至るまで、別の世界の住人なのである。仕事はもちろん一緒に力を合わせてやるし、部や課の忘年会だの懇親会でも一緒に過ごす。だが、それ以外では「年配の先輩」に過ぎない。

ところが、彼女たちは通りすがりに女性誌をのぞいたりして、

「あら、この服すてきね」

などと言って輪に入ってくる。時には人気芸能人の写真を見て、

「ハンサムねえ（当時は「ハンサム」が最上級のほめ言葉だった）。何て名前？　何て名前？」

と身を乗り出す。答えると、

「彼のカッコよさ、すっごくわかる。ねえ、今度、彼の映画に一緒に行きたい。誘って」

などと言う。私たちは、

「さすが、○○さん、感覚が若ーい」

とか、

「××さんって、話してて全然年齢差感じないんですよォ」

とか持ち上げる。口先だけである。

そして、ロッカールームなどで、

「何で寄ってくるんだ？　話、全然合わないのにさァ」

「せっかく昼休みにワァワァやってるのに、迷惑よねえ」（あの頃の女性たちは「だ、よねえ」とは言わなかった）

「『若い』とか『話がわかる』とか言われたいのよ」（これも「たいんだ、よ」とは言わなかった）

一緒になってさんざん、言いたい放題を言いながら、私は「ああ、年取ってから若い人の間に入りたがると、陰ではここまで言われるんだなァ」と身にしみていた。

あの頃、社会には「コンプライアンス」も「セクハラ」もなかった。実際、四十代以上の女子社員の面前で「バアサン」と呼ぶ男子社員もいたし、ちょっと年を取っても未婚でいると、「まだ、売れ残ってたのか」「早く結婚しないと後妻の口しかなくなるよ」などのセリフは日常的だった。そういう時代だったのである。

そんな中で、女性たちの仕事は入社してから定年まで、十年一日の如く雑用とお茶くみ、整理整頓だった。むろん、ポストが上がることはない。

そうなると、年配の女性社員たちは、若い人に受けいれられることが、数少ない喜びのひとつだったのかもしれない。若い人の話には何の興味もなくても、仲間に入れてもらえた高揚感があったのだと思う。だが、そんなことに気づく私たちではない。二十代の輝く盛りにいたのだから。

私はそうはなるまいと心に誓っていたのだが、加齢していく中で気づいた。私はどうも若い男にも女にもあまり興味を持てないタチだと。話を合わせるのも面倒くさいし、相手に気やらおべっかやらを遣ったり遣わせたり、何とうっとうしいことか。わざわざ、そんな中に入って行く気はまったくない。

ただ、世の女性たちは（むろん、すべてではない）今もって若い人が好きなのだと実感させられることがあった。

私が五十四歳で大学院に入ると知った女性たちは、実に多くが言った。

「羨ましい！　いいなァ、若い人たちと一緒なんて」

それはびっくりさせられるほど多かった。

若い人が好きであれば、なおのこと輪に入ることをセーブする必要があろう。私もやってきたのでよくわかるが、若い人は残酷である。さらに、昨今の若い人は年配者を喜ばせるテクニックを備えている。私の時代のように、明らかに口先だけとわかる言い方はしない。たとえば、本人を前にして言う。

「○○さんって、スタイリッシュですよね。あッ、年上にこんなこと言ってごめんなさい。でも、カッコよくて憧れますよォ」

この「年上に〜ごめんなさい」という謝りの一言は、「口先ではない」をうまく演出している。

「××さんみたいな年の取り方したいって、いつもみんなで話してるんです」

もう若くはなれない相手にとって、これは殺し文句だ。

「△△さん、肌きれー！　エステとか行ってるんですか？」

これらの常套句《じょうとうく》に乗ってはならない。ゆめゆめ喜んではならない。これもすべてとは言わないが、少なからずは年配者を喜ばせるテクである。それに乗るのは、若い人の思うつぼということになる。だが、私のようにこんなことを書く年配者より、つい乗ってしまう年配者の方がどこか愛らしい。純なのだと思う。

先日、テレビで年配の著名女性に、若い男性レポーターがインタビューしていた。彼は彼女を一目見るなり、言った。

「いつもお若いですね」

彼女はきれいでおしゃれで、若く見える人である。が、私はレポーターのこの第一声を聞くなり、心の中で「あーッ！　速攻でテク使った」と叫んだ。

その年配の彼女はごく自然に答えた。

「あら、何もしてないのよ」

この答はまずい。相手の思うつぼである。いくら自然に言っても「いつもお若いですね」のセリフに喜んでいることがにじむ。さらに、「何もしてない」というのは、「きれい」「若い」を言われた人の定番回答。本当に若い盛りの女性たちは女性誌を見ながら、「何もしてないって必ず言うよね」とわかっている。

この著名女性、お若いと言われてハイテンションになったのか、聞かれてもいないのに、

「お化粧だって五分よ」

と言ってしまった。若い男性レポーター、

「えーッ、五分ですかァ!!」

と、そこを逃さず驚いてみせた。

裏の裏まで読むならば、インタビューの前にレポーターやスタッフは「まず若いって言っていい気分にさせる」と、打ち合わせていたかもしれない。あるいはインタビューの後でレポーターは「若いって一発かましたら、もうこっちのペースだった」などと話して笑っているかもしれない。

ついそういう口先のテクに乗ってしまった年配者の可愛さに、おそらくあの若いレポーターは気づいていない。

年配者をリスペクトする国々もあるが、日本はそうとは言い難い。若い人の輪に入

りたがる女性たちは、常套のほめ言葉を額面通りに受け取っていいのか否か、想像力を働かせて生きるしかない。

それにしても、若い人の輪に入りたがる年配女性が不作法なのか、テクを駆使して裏で笑う若い人が不作法なのか。

## ♀「私にはできない」と言う

親しかったり近くにいる女性が、何か幸せを手にしたとする。

たとえば、結婚が決まったとか、会社で花形のセクションに異動したとか、ダイエットに成功してもて始めたとか、色々とある。猛勉強の結果、試験に合格する幸せもあるし、ひたすら努力して何かの代表に選ばれる幸せもある。

そういう女性たちに対し、

「立派よね。でも、私にはできない」

と言う人たちがいる。

よく「他人の不幸は蜜の味」と言われるが、その逆バージョンである。「他人の蜜は我が不幸」なのだ。

今回、二十代、三十代の女性たちに聞いてみると、「あるある！」と手を叩く。現在でもまだあるということは、これは女性たちの時代を超えた思いなのだろう。

「私にはできない」と言う女たちの多くは、本当は自分がそれを手にしたかったのである。さらに、内心では「私の方がきれいなのに」とか「私の方ができたのに」とか、「自分の方が上なのに」という気持がある。口惜《くや》しさは倍増する。

なぜ、自分ではなく、あの女が幸せを手にしたのか。

「決まってンじゃない。どうしても手にしたくてしたくて、何でもやったからよ」

となる。そこで何人か不満分子が集まっては、

「彼女、口には出せないことまでやったって話よ。立派だと思う。そこまでやる思いを他人がとやかく言えないよ。彼女、すごいよ」

と、まずは讃《たた》える。そして続ける。

「でも、私にはできない」

私がかつて勤務していた会社は、エリートの宝庫だった。昭和四十年代半ばのことであり、女性は遅くとも二十五歳くらいで寿退社するのが幸せとされる時代だった。

当然ながら、女性たちにしてみれば何とかエリートを落としたい。その必死さは、す

でに四十五年がたつ今も、よく覚えている。

中でも一番印象的だったのは、毎朝、出勤すると廊下に味噌汁の匂いが流れていたことだ。女子社員の一人が、朝早めに出社し、給湯室で味噌汁を作っていたのである。それを容器につめて、目当ての彼のもとに届ける。彼も毎朝仕事机に届けられては困ると思うのだが、淋しい独身寮住まいということもあり、ほだされもしたのだろう。

二人は結婚し、彼女は笑みをまき散らして寿退社して行った。「つりあい」という意味では、決して似合いのカップルとは言い難かったにせよ、他にも「献身」に落とされた純なエリートは非常に多かった。もちろん、鼻もちならないエリートも少なくなかったが、女性たちはその辺の嗅《か》ぎ分けには長《た》けていた。

結婚話に限らず、栄誉を手にした女性たちを、不満分子は「上司に取り入った」とか「ダイエットのために借金までした」とか、「親が入院しても放ったらかしで勉強して、合格した」とか言っては、

「立派よね。でも私にはできない」

と言い合う。その時、

「よくやれたもんだよね、あそこまで」

では締《し》めない。必ず「私にはできない」がつく。

「よくやれたもんだよね、あそこまで」では悪口になる。足元を見られるようでみっともない。一方、「私にはできない」は自分のプライドが保てる。プライドさえ捨てれば自分だって手にできたのだが、そこまで安い女ではないと示せる。

こんなにもこと細かに書けるのは、私自身が不満分子側にいたからである。「まったくあの女たち、プライドってものがないのか？」とうそぶきながらも、彼女たちは現実に「光り輝くトロフィー」を手にした。それは十分にわかっていた。なのに、私はこの生活から抜けられる兆しも見えない。あの時代にあって、二十代半ばを過ぎようとしている私に焦りがあったことは間違いない。

するとある日、「つきあっている」というランクではなかったが、親しいA君は結婚相手として悪くないと気づいた。私とは別の会社で、共通の趣味で知り合った人だ。全然好きなタイプではない。だが、そうも言っていられない。その上、肩書きや条件は花まるだ。彼を逃す手はない。

それに気づいてからというもの、私は何とかA君と恋人ランクに進めるよう、似合わないブリッコもいとわず、上をめざして努力した。それまでの私には「上をめざす」と言えば、力士が大関や横綱をめざすことしかなかったのだが、結婚も上をめざすことだと、これも初めて気づいた。

A君は間違いなくエリートだった。だが、今になって思えばあの程度の男は幾らでもいる。だが、当時の私は若くてそれに気づかない。当時の彼も若くて「俺ほどの男はいない」と思っている。私はそれを十分に見てとっていた。一方、私が結婚したがっていることも、彼は見てとっていた。

ある時、突然言われた。

「俺、結婚して下さいって両手つく女なら結婚するよ」

ぶったまげた私は、反射的に言い放っていた。

「両手をつくのは、相撲の立ち合いだけよ」

我ながら、みごとなうっちゃりではないか。

彼のプライドは傷つき、私はそんなことをしてまで結婚して頂く気はサラサラなかった。

しばらくたった後、彼は同じ会社の年上の女子社員と婚約した。サークル仲間は横浜の居酒屋で乾盃《かんぱい》したが、私は「彼女、両手をついたんだろな。立派。でも、私にはできない」と、腹の中でちょっとせせら笑っていた。

だが、今になると思う。

人生で「ここぞ！」という時に身を捨てることは、何の恥でもない。味噌汁配達も、両手をつくことも、取り入ったり、他を顧みずに突っ走ったりの何が悪い。当時、私たちはそう思わなかったが、彼女たちはすでにそう思っていた。自分が幸せになるためなら、身を捨てると。プライドが何ぼのもンよと。彼女たちは、すでにそこに到達していた。

この考え方には当然、是非はある。フェミニストたちは唾棄するだろう。だが、それは大きなお世話というものである。女性の地位だのプライドだのをかなぐり捨てても、幸せをつかみたい。そういう考え方を唾棄するように、そういう考え方もあるのだ。

昔から言われている。

「身を捨ててこそ浮かぶ瀬もあれ」

我が身を投げ捨てる覚悟で立ち向かえばこそ、ものごとは成し遂げられる。

彼女たちはその覚悟を持っていた。私たち不満分子にはなかった。今になると、彼女たちはみごとに自分の手で、自分の幸せをつかみとったと思う。

ならばあの時、私も両手をつけばよかったのか。もしもそうしたなら、また別の人生を歩いていただろう。だが、どうも私は身を捨てる性分ではないのである。今、この年齢になるまで、公私にわたって身を捨てればいい局面はあった。だが、捨てた記憶はない。これは性分としか言いようがない。

若い頃の「私にはできない」が、今では「舐めンなよ」になった。ここへの到達は成長なのか、恫喝《どうかつ》なのか……。

## ♀ ピヨピヨしゃべる

女友達四人とゴハンを食べていた時のことである。一人が困ったように言った。

「あなたたち、若い女の人の言ってること、わかる?」

別の二人が答えた。

「わかる必要ないわよ。考え方だって趣味嗜好だって全然違うんだから」

「そうよ。私らが若い時だって、親や大人はわからなかったじゃない。放っときゃいいのよ」

すると、困ったように言った彼女が、違うとばかりに手を振った。

「話の内容じゃなくて、言ってる言葉よ。聞き取れる? 私、全然ダメ。娘や姪の言ってることも聞き取れるのは……半分くらいかな」

すると、先の二人も大きくうなずき、

「聞き取りにくいよねえ。この間、いつも行く美容室で新しい子がシャンプーしてくれたんだけど、言ってること全然わかんない」

「私もこの間、デパートの化粧品売り場で何か言われたんだけど、わけわかんないのよ。どうせたいしたことじゃないと思って『はい』って言っといたの。そしたら、会計の時、やたら高いのね。なぜだと思ったら、買ってない商品が入ってるわけ。あのわけわかんない言葉は、その商品を勧めてたのね」

「で、返したの？」

「買ったわよ。こっちは『はい』って言っちゃったし、カードも切っちゃってるし」

これは決して、加齢によって耳が遠くなったせいではない。昨今の女性たちは、カン高い声でピヨピヨしゃべるのだ。時には若くない女性たちもやる。

たとえば美容室で、

「オタユイトコロゴタイマテンカ」

とカン高くピヨピヨと質問され、これを、

「お痒《かゆ》いところございませんか」

とすぐに翻訳するのは難しい。

私があるデパートで、女友達にお菓子を送った時、若い女性店員がすまなそうに言った。「ゴーウデトータクビガオヤクトクデキマテンノデ、ゴショーティオキオネタイティマス」

私は「え？」と二度聞き返したが、二度ともわからなかった。面倒くさいので、笑顔で「では、お願いします」と言って立ち去った。

後日、お菓子を受け取った女友達からお礼の電話があり、

「先だっての豪雨で道路が遮断されてるところもあるのに、よくきちんと届いたよね」

と言われた。それを聞いて、やっとわかった。デパートの彼女は「豪雨で到着日がお約束できませんので、ご承知おきお願いします」と言ったのだ、たぶん。

テレビでよく「街の声」を流している。街行く人にマイクを向けてコメントしてもらうのだ。すると、やはり中にはカン高い声で、語尾をあげまくって「とか」「みたい」を乱用する中高年がいる。

「突然、火？　とか出て、爆発？　みたいな感じとかになってェ。ドーンみたいな？　爆発音的ってかァ」

若い人に比べれば、ピヨピヨ度は下がるが、これが現代日本の大人の話し言葉かと思うと、いかに何でも情けない。

私の女友達に、女子大の教授がいる。彼女とこの「ピヨピヨ言葉」について話した時、言っていた。

「ピヨピヨだけじゃなく、本当にひどい状況。ある時、一人一人に発表させる授業をしたのね。一人が前に出て『これはお兄ちゃんから聞いた話です』と言ったから、私はその場で『いい大人が、お兄ちゃんなんて言うのはやめなさい』って注意したのよ。彼女、『すみません』って謝って、言い直したわ。『これはお兄さんから聞いた話です』って」

笑い転げた。「ちゃん」は子供っぽいから、大人として「さん」を使おうと思ったのだろう。大人は「兄」とか「父」「母」と言うべきことを知らない。大人が教えて来なかったのだ。

だが、その女友達は教えているという。

「いい学生が多いし、社会に出す時はちゃんとして出したいから」

その気持は私もまったく同じだ。私は母校の武蔵野美大の三年生に授業を持っているのだが、十五、六人のゼミ形式である。毎年、学生はとてもユニークで面白い。男女共に真面目で、いい学生が多い。

私は第一回の授業で必ず言う。

「これから一年間、毎回、作品の合評会をやります。その時、必ず気をつけて下さい」

1．語尾までしっかり言うこと。

2．大きな声でハッキリと言うこと。

3．ピヨピヨしゃべるな、カン高い声を出すな、語尾を上げるな。

「どれかひとつでもダメな時は、やり直してもらいます」

毎年、中には「厳しい」という顔をする学生もいる。それに対し、私は毎回同じことを言う。

「あなたたち、正当なトーンできちんとした言葉で話せば、それだけで就職活動では大きな武器よ。もしも最終面接まで進んだ時、小さい声で、語尾上げに語尾消えで、カン高い声でピヨピヨしゃべって、勝てる？　芸大や多摩美や日芸に勝てる？」

彼らの顔に緊張が走る。「就活」という脅しは効く。

そして、最初の自己紹介の時とは、語りが明らかに違ってくる。それでも「習い性《せい》となる」ケースもある。声や言葉の習慣がずっと続いているため、それが当たり前になり、簡単に直らないのだ。

それでも面接で、

「オンタノツゥパラティイギョーテキト、タカイコーケンニトゥコティテモタンカティタク、ジュケンイタティマティタ（御社の素晴らしい業績と、社会貢献に少しでも参加したく、受験致しました）」

と言って、内定が出るか？　お話にならない不作法である。私はほとんど鬼と化して、やり直させる。

すると先日、十年間ほど韓国で仕事をしていた男友達が、任期を終えて帰国した。

その時、たまたま彼が言った。

「しばらくぶりで日本に帰って来て、耳障りでうんざりしてる。日本の女ってあんなに声がキンキン高くて、甘ったれたしゃべり方、してなかっただろ。テレビの女子アナまでそうだものな、びっくりした」

私はこのことを弟に話した。弟は三十年間の中国勤務を終え、上海から帰国したばかりである。そして、日本女性の言葉をどう感じたかと聞いてみた。

「一番驚いたのは、声が小さいこと。口の中でムニャムニャ言ってる感じで、ハッキリしないから何を言ってるのか。若い男も声の小さいの、多いよなァ」

そう言った後で、つけ加えた。

「中国人はとにかく声がデカい。デカ過ぎるから、これも問題で、観光客も嫌われてるよね。だけど、国内でみんな声がデカイから、自分もデカくしないと聞いてもらえないとか、言い負かされるとかあるんだよ。今の日本人の声は、僕が回った限りの欧米やアジア諸国と比べても頼りない」

もっとも佐藤優は「普段しゃべる時は聞き取れる最低限の声で話せ」と昔の先輩に

教えられたと『新潮45』に書いていたそうだ。それは「いざという時に出した大声のインパクトが断然違う」からだという。日本赤十字社医療センター化学療法科部長の里見清一が『週刊新潮』（二〇一八年八月九日号）に引用しており、それもあるなァと納得。だが、「習い性」となって、いざという時にも大声を出せないのではないかと心配もする現状だ。

「カン高い」ということに関しては、「日本女性の声は世界一高い」という記事を、何かで読んだことがある。試しにネットで「日本女性の声のトーン」で検索してみた。

こんなもの、出ないと思っていたので驚いた。かなりの数が出ている。

音声学のスペシャリストとして著作もある山崎広子は、やはり「日本の成人女性の声の高さは世界一」だと書いていた。周波数で言うと「日本の若い女性の声は平均三〇〇〜三五〇ヘルツ」で、これは「先進国の中では信じられないほど高い」と判明したそうだ。

フリーライターの久保田由希は、ドイツのライプツィヒ大学病院の調査例をあげており、女性は普通、二二〇ヘルツ程度だそうだ。日本人女性は三〇〇〜三五〇ヘルツとなると、いかにその声が高いかがわかる。

人の地声の高さは声帯と声道の長さで決まるという。現代の日本人女性の体格を考えた時、もっと低くてもいいはずらしい。山崎は、

「無意識に声を高くつくっている人が大勢いる、ということを意味しているのだ」

と書く。

まったくその通りだと思う。これは「アニメ声」と呼ばれるらしい。アニメに登場する女の子や女性たちのトーンである。

多くの人が「日本では高い声の方が女性らしいと思われているからだ」としている。確かにかつてはそういう時代もあっただろうが、現代では女性たち自身が「高い声の方が女性らしいと思われる」と決めこんでいるのではないか。おそらく、小さな声についてもだ。

であればこそ、「ピヨピヨ」まで行き着く。舌足らずの話し方の方が、子供っぽくて可愛らしい、受けると考えたのだと思う。ピヨピヨは完全に「つくっている」。断言できる。「ゴメンナタァイ」なんて、三歳児だって言わない。

これらは女性たちの古い思い込みだと、私は考えている。社会でも企業でも、カン高い声やピヨピヨを歓迎するか。男性たちがそんな妻や恋人を喜ぶか（もっとも、カン高い声でピヨピヨ気味の女子アナが放置されているケースもあり、それを考えると、言い切れないが）。

日本女性も声や語りを「つくる」ことは、やめる時ではないか。

私には社会や男たちが昔のままとは思えないが、今回、二十代、三十代女性に聞くと「昔のままです」という声もあった。ならば女性の方から「つくる」ことをやめてはどうか。急にやめるのがイヤなら、少しずつ少しずつやめていく。それが広がれば、社会も男たちも変わる。「赤信号みんなで渡れば恐くない」のままに、みんなが正当な声、大きさ、語りを広げていくことだ。

前出の久保田によると、政治家は信頼を得ることが重要なため、低い声が大切だという。ネットでは出典が明らかにされていなかったが、イギリスのマーガレット・サッチャー元首相のエピソードが興味深い。政治家としてキャリアを踏み出した当初、「彼女の声は高かったが、トレーニングして低くなった」

という。

どう考えても、普通は二二〇ヘルツだというのに、三〇〇～三五〇ヘルツを出し、ピヨピヨと小声では、不作法以前に未熟に思われる。

## ♀横文字ばかりを使う

横文字の方が、今やピタリと来る言葉は確かにある。

「アイデンティティ」や「モチベーション」「コンセプト」をはじめ、横文字の方がわかりやすい言葉も少なくはないと思う。もっとも若い女性から、

「私のアイデンなんですよ」

と言われた時は、わからなかった。どこかの電車かと思った。

一九八七年に「国鉄」が民営化されて「JR」になった。その時、それまで「国電」と呼ばれていた国鉄電車を何と呼ぶかを、JR東日本の役員と選ばれた有識者が討議した。その結果、

「E電（イー電）」

に決まった。「アイデン」と言われて「アイ電」かと思っても、不思議はあるまい。

彼女は「アイデンティティ」を省略したのだが、その後、「アイデン」と言う人には会ったことがない。「E電」が国民に大不評で、まったく定着しなかったことと似ている。

一方、不評だったのに定着した日本語もある。「前期高齢者」「後期高齢者」だ。ミもフタもないと非難囂々《ごうごう》だったが、今は当たり前に使われている。むしろ、これを「シルバーシニア」だの「ゴールドシニア」だのとされる方がよっぽど不快である。

それにしてもだ。昨今の「横文字乱用」はすさまじいものがある。過剰な使用は、間違いなく「不作法」である。

あるパーティで紹介された女性は、

「すみません。私、ネームカード持っていなくて」

と言った。何かと思ったら「名刺」だった。不快な女だ。私があげたネームカード、返してほしいわ。

また、国が新たに設置した会議の委員になった女性は、その中の小委員会だったか何だったかの名称がわかりにくいと、ニュースで言っていた。そして、自分が考えた名称を言った。私には覚えられなかったが、ワケのわからない横文字で、元々の方がずっとマシだった。一緒にニュースを見ていた友達は、

「ちょっとリコウぶっちゃったなァ」

と失笑した。

ビブリオ・バトル、チャーター・メンバー、センター・オブ・センター、ワイズ・スペンディング、アウフヘーベン、サスティナブル、ダイバーシティ、オーラル・フレイル、エンゲージメント、イノベーション……。

読むだけでもうんざりするだろうが、いずれも最近の新聞や雑誌で使われていた言葉だ。当たり前のように使われている横文字は、まだまだある。

ユビキタス、レガシー、ガバナンス、フィンテック、アジェンダ、イシュー、ステルス、クラウド・ファンディング、マスト・アイテム、ラグジュアリー、リュクス、ブリリアント……。

書くだけでうんざりするが、新聞や雑誌を開けばいくらでも出てくるし、口にする人は少なくない。

横文字を多用する女性政治家が、確か、「日本語にそのコンセプトがないから」と答えていたと記憶している。それは一理ある。ただ、日本人の老若男女すべてが、その横文字を理解しているわけではない。全国津々浦々の人たちが、前述した横文字を理解できると考えているのだろうか。あるいは、わかる人にだけわかればいいと考えているのか。どちらにしても、国を治める人間としては不作法だ。

興味深い記事がある（読売新聞　二〇一八年九月二十八日付）。大きな記事だ。文化庁が九月二十五日に「国語に関する世論調査」を公表した。その中に、外来語などのカタカナ語がどの程度、理解されているかを尋ねた項目がある。「インバウンド」の意味をわかっている人は四人に一人。二五パーセントに過ぎなかった。これは「訪日外国人旅行者」という意味だが、なぜその日本語を使わないのか。これなら大人は限りなく一〇〇パーセントに近くわかるだろう。どうして「インバウンド」と言う必要があるのだ。私には理解できない。だいたい、誰が、どこの部署が言葉を決めるのか。

記事には「パブリックコメント（意見公募）」の意味を理解している人は四〇・二パーセント、「コンソーシアム（共同事業体）」は一六・二パーセントと最も低かったとある。

わずか一六・二パーセントしか理解できない外来語を使ってどうする。「共同事業体」をなぜ使わないのか。

文化庁は次のように述べている。

「海外から入ってきた新しい言葉を、漢字やひらがなの形で受け止めるにはある程度、時間がかかる。不特定多数の人に理解してもらうには、カタカナ語より日本語が適しているのでは」

こんなこと、当たり前だ。「適しているのでは」ではなく、「適している」である。

私は東京都教育委員だった時、「ビブリオ・バトル」という言葉に大反対した。

「日本語で『書評合戦』の方がずっとわかりやすい。字で書けばさらにわかります。なぜ、『ビブリオ・バトル』としなければならないのですか」

回答はあいまいだったが、「こういう名称が発祥したので」という答をもらったと思う。

結局、押し切られたが「ビブリオ・バトル」は、二〇〇七年に京都大学で始まったという。教育委員会の議題にのぼったのは、発祥から間もない頃だ。日本語では「知的書評合戦」と言うそうだ。だが、「知的」と上につくだけで、語呂が悪くなる。今では「ビブリオ・バトル」が当たり前になってしまった。

横文字を乱用して話したがる人は、おそらく、自分がカッコ悪く思われていることに気づいていない。

「ちょっとリコウぶっちゃったなァ」

と言う通りで、本人にその気がなくても、得意気な様子に受け取られてしまう場合がある。これはとてもカッコ悪い。

最近びっくりしたのは、ある地方都市のホテルに泊まった時のことだ。

朝ごはんを食べにレストランに降りて行くと、隣のテーブルは若い女性二人だった。二人は備えつけのスポーツ新聞を広げ、芸能ニュースを読みながら賑やかにしゃべっている。そこに係の人が注文を取りに来た。

すると、一人が卵料理として、

「サニー・サイド・アップ」

と言った。

同じ卵料理でも、オムレツやスクランブルは普通に使うが、「目玉焼き」を「サニー・サイド・アップ」と言う人はほとんどいないのではないか。

私が恥ずかしかったのは、「サニー・サイド・アップ」の発音である。「サニサイラップ」というか何というか……。たぶん、英語圏の人はそう発音するのだろう。だからいいのだが、さんざん日本語でしゃべっていて、突然、何なんだ。「ちょっとリコウぶっちゃったなァ」と思った。

私は注文を取りに来た係の人に、力一杯、

「卵は目玉焼きッ！」

と言った。察した同行者が、

「私の卵はそぼろッ！」

と言った。これは通じなかった。

「……スクランブル」

と言い直したら、すぐに通じた。

## ♀ 紹介者を飛ばす

誰かに店なり人なりを、紹介してもらったとする。こちらから頼んで紹介してもらう場合もある。

その後、再びその店を使ったり、その人と会ったりもする。その場合、紹介してくれた人に、一報を入れておくことは作法だと気づかされた。

毎回、一報せよということではない。紹介者抜きでその店を初めて使う時だけ、初めてその人と会う時だけである。まず一報して、使った後に簡単に状況を説明し、お礼を言えばいいことだ。

よくDVDや書籍の「また貸し」をやり、それは非常に嫌われるが、同じことである。「また紹介」をするのではなく、一言言っておけば人間関係が円滑になる。

ある時、私はちょっと気の張る客人二人を接待することになった。二人は七十代半ばの夫婦で、私は四十代だった。

失礼のない店で、個室のあるところがいい。洋食や中華より和食がいいだろう。季節のきれいな料理を少しずつ、何品も出す方が喜ぶはずだ。日本酒が色々とそろっていて、足の便がよくて、ビルの地下と上階はさけた方がいいだろう。帰りには軽くて小さくて気のきいたお土産を用意できる店なら、なおいい。

だが、幾ら考えてもこれらをすべて満たす店が思い浮かばない。友人知人にも聞いてみたが、なかなか全部の条件は満たせない。

すると後日、女友達の一人が電話をかけてきて、「ぴったりの店を思い出した」と言う。聞けば、本当にドンピシャリだった。私は大喜びでお礼を言い、すぐに予約を入れた。

そして、百点満点の接待ができた。客人二人はそれはそれは喜び、私は気を張りながらも楽しい一夜だった。

この後すぐに、紹介してくれた彼女にお礼と、夫妻がとても喜んだことを伝えればよかったのである。当然の作法だ。

だが、私はそうしなかった。こういう時にお礼と報告をすることに、思いが至らなかったのである。電話で紹介された時にお礼を言っているから、もういいだろうではない。事後にお礼と報告をするということに、まったく思いが至らなかった。

それだけではない。私はさらに不作法をやらかした。接待した折りに、その店のご主人は、もっとボリュームのある和食も出せると言っていた。とてもいい店だし、友人たちとの会食に使いたい。そして、しばらくたった時に、数名の予約を入れたのである。最初に店を紹介してくれた女友達とは別のグループだ。

するとある日、最初の女友達から電話が来た。

「あなた、お店を使ったのかどうかも連絡がない上に、今度、集まるからって予約入れたんだってね。A子に聞いてびっくりした。あのねえ、まずは使った後にすぐ報告。次に使う時は『気に入ったから使っていいかしら』と一報。私の店じゃないんだから、一報は必要ないんだけど、これはマナーよ」

会食するメンバーの中のA子は、彼女とも親しく、ごく普通に「今度、××で集まるの」と言ったらしいのだ。

もう反論の余地はなく、私の救いようのない不作法だった。彼女は私より年長であり、これ以上は何も言わず、今も以前と同じようにつきあいは続いている。

だが、この時、本当に教えられた。あの時、あの店で彼女の分もおみやげを買って、お礼と報告を兼ねた手紙と一緒に送るとか、どうして気づかなかったのだろう。

それからほどなく、まったくの偶然なのだが、ある出版社の男性編集者から電話があった。

「この間、紹介して頂いた寿司屋、すごくよくて、来週、作家と行きたいんですよ」

ああ、これだと思った。やはり編集者は鍛えられている。マナーなのだ、最初の時だけ一言連絡することは。

私の周囲に限って言えば、女性は私と同様ケロリと飛ばす人が多い。悪気はまったくない。私自身の経験からもわかる。

それにしても驚いたことが二件ある。

ある時、一回か二回会った女性に、私の友人の女性医師を紹介してほしいと言われた。家族が別の病院で診てもらっているのだが、思わしくないのだと言う。その日は

休日だったため、私は、

「月曜の朝、病院に電話しておきますが、それでいいですか。予約等もありますし、その後はあなたの方でやりとりして下さい」

と言った。

すると月曜日の朝早く、その医師から私に電話が来た。私がまだ電話もせぬうちに、家族を連れてやって来たのだという。

「内館さんから電話が入ります。まず早く診て下さい。予約していませんが、早くお願いします」

と言ったらしい。

医師はびっくりし、私に確認の電話をして来たのである。

かと思うと、ある時、私が当時行きつけの美容院を紹介してほしいと言われた。すぐに担当に電話を入れると、

「このところすごく混んでるから、再来週なら」

という返事。それを彼女に伝えると、

「わかった。電話して日程決めるわ」

と喜んでくれた。するとその日の午後、美容師から電話が来た。

「ご紹介の人、来ちゃってるんです」

「えーッ！　再来週って伝えたわよ」

「何かパーティがあるとかで、早い方がいいので、何とか入れてくれって。でも無理なんです、本当に。出直して頂くよう言っていいですか。他の美容師ではイヤだとおっしゃるし」

まったく、マナー違反は彼女なのに、美容師の方が気を遣って申し訳なさそうに言う。

これらは紹介する前に、本人が行ってしまうという仰天行動だが、友人たちは「よくいるの、そういう人」と言う。中でも医師のところに紹介前に行った彼女はその後、入院した家族のために、病院近くにアパートを借り、毎日見舞いや世話に通っていると言う。彼女の友人がそう言っていたが、本人からはついに何の連絡もなかった。

笑ったのはもう一件の例だ。

私が紹介した店をすっかり気に入った女友達がいて、その後も、しょっちゅう使っていたらしい。そしてある時、彼女が幹事になって、七、八人で集まることになった。彼女はその店に決め、うちに電話をかけてきた。

「お勧めの店なの。地図見てね。わかりにくいから近くまで来たら電話して。迎えに行くから」

私は思わず、

「お願いね」

と言っていた。

## ♀「私はハッキリ言うから」

今や、「ハラスメント」という横文字が一般的になっているが、かつてはこの言葉はなかった。

「セクハラ」は「性的嫌がらせ」とでも言っていたのだろうか。横文字が氾濫する時代だが、パワーハラスメントの「パワハラ」、モラルハラスメントの「モラハラ」は、日本語で何と言っていたのか思い浮かばない。

「パワハラ」は会社なり組織なりグループなり、時には家族親族なりの人間関係において、地位や状況など上位にある者が下位の者に嫌がらせをすることだ。

それを何と言ったのか思い出せないのは、おそらく該当する言葉がなかったからではないか。上位にある者が下位にある者に対し、言葉や態度で嫌がらせをすることは当たり前の、日常的によくあることだったからだ。

「モラハラ」もそうだろう。パワハラと重なるところが多い言動だと思うが、モラル、つまり人間としての道徳とか倫理に反した嫌がらせである。

人間として道徳的に許されない言動だが、これも日本語でどう言っていたのか、まったく記憶にない。やはり「よくあること」として、今ほど問題にされなかったのだと思う。

「ハラ」と略した横文字が、多くの嫌がらせを示す言葉として、そして被害者が声をあげやすい言葉として定着したことは、とてもよかったと思う。

先日、脱獄した犯人が、過去に「強制性交」の罪を犯していると報じられた。「強制性交」とはすさまじい言葉だ。これを口にして訴えるには、相当な勇気がいる。

ここまですさまじくなくても、被害者は自分の立場や状況を考え、声をあげられない場合は多くあるはずだ。そのせいか、各種ハラスメントは厳然とある。私の周辺や、また本書を書くために話を聞いた限りでは、どうも傾向として「女性から女性へのパワハラ、モラハラ」が陰湿だ。

かつては、「男性から女性へ」のパワハラ、モラハラが圧倒的だったと思う。だが、今は霞が関の官僚がセクハラで辞めさせられたり、各企業や学校にハラスメント相談室のようなものができたりしている。さらにハラスメントをしない、させないという教育も広がっている。男性たちは肝に銘じ始めたのかもしれない。

私が会社勤めをしていた時も、今ならば訴えられて当然というほどのハラスメントを繰り返す女子社員がいた。この場合も女性から女性へのモラハラである。入社当時の私にも日常的に襲いかかった。それまで、こんな人を見たことがなかったので、私は相当消耗したし、気も遣った。

だがある時、気づいたのだ。「この人は、私の人生のほんの一瞬を通りすぎるだけじゃないの。一生つきあう人じゃない。やらせとけ」と。これは、私が彼女に対応する上で、非常に効いた。やがてやり甲斐がないと思ったのか、私へのモラハラは少しずつ消えた。

そして、これが大きな要因だと思うのだが、彼女は結婚が決まったのである。婚約中も結婚後も、モラハラはすっかり鳴りをひそめてしまった。

私はこの時の経験から、またその後に見聞きしたことから、ハラスメントをする女性には、何か劣等感があるのではないかと考えるようになった。端から見れば何の不自由も問題もなく、劣等感とは無縁のように見えても、本人が密《ひそ》かに抱えている場合はあるだろう。具体的な問題ではなく、「何か私の人生、うまく行かない。先もない」というドン詰まり感も劣等感につながるように思う。

もうひとつ気づいたことがある。モラハラやパワハラをする女性の少なからずが、「私はハッキリ言うから」

と口にすることである。

当然ながら全員ではない。ただ、「私はハッキリ言うタチだから」「ハッキリ言わせてもらうけど」などのバリエーションと照らし合わせてみても、「ハッキリ言う」という行為はいいことだと考えているのがわかる。

もちろん、それはいいことだ。陰で言ったり、名を伏せたりせずに、言うべき時にはハッキリと言う。ただし、それはハラスメントではないことが大前提である。「私はハッキリ言うから」という自己陶酔は、ハラスメントをする上で拠《よ》りどころになる。しかし、彼女たちの多くは、本当にハッキリ言うべきところで顔や名をオープンにし、ハッキリ言うことをしない。これも、すべての人がそうだと言うのではない。ただ、「弱い者に対してだけ強い」ようにしか見えない人は多い。単なるいじめである。

先頃、日本大学のチアリーディング部の女子部員が、女性監督からパワハラを受け続け、家族が大学の保健体育審議会に訴えるという事件が起きた。女子部員は過呼吸や自殺を考えるほど追いつめられ、大学側も重い腰を上げた。そして女性監督を解任し、人権救済委員会で調査を進めるとしている。その女性監督は部員たちの面前で、彼女に対し、

「お前みたいにプライドが高くて過去の栄光にすがりついているやつには自分の罪を認めることも反省することも無理。本当に、学校の恥だよ」

「お前のこと、ただのバカだと思っていたから力になってあげようと思ったけど、ずる賢いバカは嫌いだから。本当はもうできるんじゃないの？」

と暴言を吐いた（スポーツニッポン　二〇一八年八月十日付）。

「本当はもうできるんじゃないの？」という言葉は、ハラスメントを受けた部員は怪

我をしていたことを指す。その術後が悪くて、復帰時期を監督に相談していたそうだ。だが、監督は暴言を吐いた上、大会に強行出場させようとしたという。

これは弁明の余地のないパワハラであるが、もしかしたら、この女性監督も何か心に闇を抱え、弱い者を恫喝することが唯一、本人の溜飲《りゅういん》を下げることだった……とは考えられないか。部員たちに「私はハッキリ言うから」と言ったことはなかったか。

私がナマで聞いて、一番むごいと思ったのは、友人の家に遊びに行った時だ。孫娘の友達が来たというので、別室からお祖父《じい》さんが出て来た。すると友人の母親が、

「臭いッ！　出て来るなッ」

と言ったのである。母親はその祖父の娘である。確かに老人特有の匂いはあったが、気にならない程度だ。しかし、母親のこの一言で室内は凍りつき、祖父は力ない笑みを浮かべて別室に戻った。

孫娘にあたる友人は、後で私たちに謝った。

「母はいつもああなの。ちょっとでもみんなのいるところに祖父が来ると、『あっちに行け。どこにでもついて来るんだからッ』って叫ぶし、亡くなった祖母が茶会だっ

たかの仲間に入りたいなァってつぶやいたら、大声で『誰がお母さんみたいな人、相手にするのよッ。ちゃんとした人の集まりなのよ。お母さんレベルの人を誰が誘うのよッ』って。祖母は黙ったけど、今でも思い出す」

このモラハラ母も、他に兄弟姉妹がいながら、自分が老いた親と同居していた。理不尽なことや苦労は多かっただろうし、鬱憤を抱えていたのかもしれない。

今回、話を聞いた中で、姉のモラハラに悩んでいる妹がいた。姉は四十代で無職の独身、妹は三十代でキャリアウーマン、二児の母である。

妹はトントン拍子に欲しい物を手に入れ、姉はそうならなかった。妹は私に、

「私は運がよかった。ついていたんです。私レベルのキャリア、世の中にはゴロゴロいますから。その上、結婚したい人として、元気な子が二人いる。運です」

その運に飛びつき活路を広げていく妹に、姉はとうとうキレた。妹の夫もいるところで、

「アンタは人に取り入って、うまくやることばかり考えてる。そういう下品な生き方ができるのは、アンタが下品だからよ。私はアンタと血がつながってることが何より

の恥。アンタと同じ空気吸いたくない。アンタみたいな恥知らずの親が、子供をどんな大人に育てるのかと思うとお笑いね」

夫は言葉を失っていたそうで、妹は私に言った。

「私の人生も人格も全部否定されるほど言われました」

すべてを聞いた後、妹は姉に言った。

「わかった。今度からは○○チャン（姉の名）とかち合わないよう、実家に来るね」

以来、五年。姉とはまったくの断絶だという。実家の両親は、姉とも妹とも仲よくやっているが、相手の話題は一切出さないという。ただ、私に状況を話してくれた妹は言っている。

「二人きりの姉妹がこうなって、両親が悲しんでいるのはよくわかります」

そこで、両親に言ったそうだ。

「私が今、守るべきものは自分の家族。ハッキリとそれに気づいたら、どうして○○チャンのモラハラにおびえて、顔色を見て暮らしていたんだろうって、笑える。今の方がずっと明るく、元気よ。だから私のことは何も心配しないで」

そして、私に笑顔を見せた。

「パワハラ、モラハラをどう対処するかに気づいたんです。逃げるのが一番。相手が姉だろうが逃げて本当によかった。淋しいけど、昔の姉と違うし、正直なところ、今は姉が居ても居なくても何も問題もありません」

逃げることには私も賛成だ。だが、会社とか学校とか逃げにくい場もある。話を聞いた中には会社に配置替えを頼んだり、部活をやめたりして、嫌がらせの相手から距離を取る人が多かった。

そんなある日、読売新聞の人生相談コーナー「人生案内」に目が留まった（二〇一八年八月十二日付）。

二十代の男子大学生が就活中に、ある企業の男性社員と面談をした。同じ大学のOBだという社員は、初対面の彼に、

「君は就活に失敗しそうだ」

「社会に対して鈍感」

「（君が大学で学んでいることは）全く役に立たない」

「これだから○○学部は」

と決めつけ、批判したという。これは男性から男性へのケースだが、パワハラ、モラハラの典型。まったく小《ち》っぽけな男だなァとあきれる。

私のカンだが、この社員も何か劣等感を持っているのだろう。能力にか出世にか、あるいは何かに。若くて春秋に富んだ後輩にパワハラをかまして、溜飲を下げたことはありうる。もしかしたら、

「僕はハッキリ言うから」

と言ったかもしれない。

相談者は別の二社から内定が出て、決めたそうだが、今も先輩社員の言葉を思い出して嫌な気分になるという相談だった。

ハラスメントは、相手の心を時にここまで痛めつける。不作法よりまさしく犯罪である。

## ♀ 酒のすすめ方、断り方がまずい

これは本当に難しい。

お酒を飲める人と飲めない人が、お互いの心理を理解しようとしても、なかなかわかりあえまい。お互いによかれと思って言ったことが、まったくよくなかったりする。

飲めない人が断る時、割によく耳にする言葉がある。

「私は飲めないんですけど、お酒を飲む場の雰囲気は大好きなんですよ」

そして、次の二つの言葉が続くことが多い。

「だからみんな、私のことが全然気にならないって。気遣いすること忘れてるって言うんです」

「だから、もう私に遠慮せずどんどん飲んで下さい」

酒飲みに心を配って、よかれと思って言う断り文句だ。

ところが、飲める人にしてみると、なぜかお酒は一人で飲んでもおいしくないのだ。むろん、一人でもおいしくて幾らでも飲める人もいる。が、傾向としては「みんなで飲むからおいしい。楽しい」ということはある。

また、「だからみんな、私のことが全然気にならないって言うんですよォ」は、飲める人の配慮である。酒席に一人だけシラフがいるのだ。グデングデンに酔って人事不省気味になれば別だが、そうでない限り、シラフの人の存在は気になる。これもすべての人がそうだと言うのではない。

シラフの人は、とかく翌日に酒宴での様子を言いがちである。昨日の××さんはこんなこと言ってた、あんなこと言ってた、○○さんはこんなことやった、あんなことやったと言う人がいる。私もそんな幾人にも会っているが、これは「超」のつく不作法である。こうなることをも見越し、シラフが気にならないわけがない。しつこいようだが、これもすべての人がそうだと言うのではない。

断り方でもうひとつ多いのが、お酒を注《つ》がれそうになると、自分のグラスに手でふたをすることだ。これは圧倒的に女性がやる。お酒の席にいる以上、拒み方というも

のがある。私の男友達は、ガバッと手でふたをされると、

「酒を冒瀆されてる気になる」

と不快感をあらわにした。おそらく、飲めない人はそんな感覚は理解できず、言葉で断るより手でふたをする方が穏やかだと思うのかもしれない。だが、酒飲みの、特に男たちは、

「酒の一滴、血の一滴」

とまで言ったりする。冒瀆とも取られうる不作法かもしれない。

ならば、飲めない人は何を注文すればいいか。何でもいいのである。アルコールの入っていない飲料で、好きなものを頼めばいい。

ただし、ただしだ。

「アタシ、あったかいお茶」

私の個人的な思いだが、これは不作法である。

あくまでも私の思いだが、酒席は基本的には酒飲みたちの席である。ならば、その酒飲みたちと同じ温度のものを頼むのが無難だ。酒飲みたちが「とりあえずビール

な」「俺、ナマッ」「アタシもナマッ」などと言った時、「アタシ、あったかいお茶」はガクッとくる。冷たいウーロン茶とかペリエとか、ノンアルコールのビールとかがいい。オレンジジュースのようなソフトドリンク見え見えの色も、少しガクッとくる。「自分が飲むものまで、酒飲みに指示されたくない」と思う気持はもっともだ。だが、ここでは飲める人の理解しがたいであろう心理を伝えているのである。

「とりあえずビール」が終わると、「ウィスキーをロックで」とか「日本酒、冷やで」とか「ワインにしよ」などと各自がバラバラに好みを言う。その時は「あったかいお茶」でいい。ただ「あったかいお茶」という語感は、飲める人にはどうもガクッとくる。

もうひとつ、よく耳にするのは、

「昔はよく飲んだのよ」

という言葉だ。これも飲める人への配慮なのだろう。昔はよく飲んで今は一滴もダメとなると、嘘か、病気か、何かお酒で失敗して断酒したのか。いかなる理由であれ、「昔は飲んだ」などと言う必要はない。

また、もうひとつよく聞くのは、

「最近、飲んでるのよ」

という言葉。飲める人は「オッ、少しはいけるようになったか」と真に受けて喜ぶ。

ある時、私は古い女友達を食事に誘った。彼女は母親を亡くしたばかりで、元気がないと聞いていたのだ。彼女は一滴も飲めない。以前にグループで食事に行った時、乾盃でビールを舐めて具合が悪くなり、レストランの空き室で横になったほど飲めない。

私は彼女を力づけようと、彼女がお気に入りの中華料理店を予約。そして当日、二人で飲み物のメニューを開いた。すると、彼女が言った。

「母が亡くなってから、妹と二人で『ちょっと飲もうか』っていう夜が続いてさ。少しは飲めるようになったっていうか。最近、飲んでるのよ」

このシチュエーションなら、私ならずとも信じるだろう。

お酒は体質的に受けつけない人が多いと聞くし、練習して飲めるようになるとは私も思わない。だが、母親を亡くした淋しさとショックが、「ビールひと舐めでダウン」から「ビール二口三口」くらいまでは行けるようになった……というのはリアリティがある。

彼女はメニューを見て、「フローズンダイキリ」を注文した。これはヘミングウェイが愛したことで有名なカクテルで、ラムベースである。ホワイトキュラソーも加え、シャーベット状にしたものだ。私は心配になり、

「ラムベースよ。飲めるの?」

と聞いた。するとケロッと言う。

「だから、最近飲んでるんだってば」

やがて運ばれてきたそれは、小さなシャンパングラスに盛られ、ライムの輪切りが飾ってあった。ほんの少量なので、これなら大丈夫だろう。

そして乾盃した。ところが彼女、一口も飲まない。おしゃべりしながら、ストローだったかスプーンだったかで、グルグルグルグチャグチャとかき回すだけである。そのうちにシャーベット状が溶け、水になってグラスがあふれてしまった。

彼女が私に気を遣って「飲める」と言ったのだと、やっと気づいた。そうであるだ

けに傷つかないように言わないといけないと思い、

「二杯目はソフトドリンクにする?」

と聞いた。「二杯目」というところに、私の気配りが出ている。彼女は、

「そうね。じゃ、あったかいジャスミン茶」と言った。

あの時、「あったかい」にもガックリ来たが、無駄にしたフローズンダイキリも、その代金ももったいなくて、トリプルのガックリだった。

考えてみると、どうも飲めない側が飲める側に気を遣うことが多いように思う。おそらく、楽しいお酒の席をしらけさせたくないと考え、前述のような言葉を言ったりするのだろう。だが、そんな必要は一切ない。

「私、お酒ダメなんです。ノンアルコールビールを」とか「ウーロン茶を」でいい。

というのも、飲める側が問題のことが多いのだ。彼ら彼女らは、飲めない人の気遣いなどそれほど理解していない。むしろ、不作法なのは飲める側だと思わされることが多い。相手が飲めないと知るや、

「えーッ、ヤダァ！　飲めないの？　もうガッカリ」

と言う。私もかつてはこうだった。その上、勢いに任せて、

「誰か飲める人、一人誘えばよかったァ」

とまで言っていたのだ。飲めない人と二人の食事だと、腹立ちの持って行きどころがなかったのである。

また、グループで会食する時など、飲める側はよかれと思って店の人に言ったりする。

「まずはナマ四つね。それとこの人は飲めないからソフトドリンク。何があるの？」

「この人は飲めないから」は余計なのだ。しかし、前もって言っておく方が、飲み物のお代わりの時も気が楽だろうと考えたりするのである。

私の女友達は還暦を迎えた春に、ハッキリと宣言した。

「人生が一廻りして、先が見えて来たから決めたの。これからは楽しいことだけやろうって。だから、会いたくない人とは会わない。飲めない人とは二人でゴハン食べない。旅行もしない。おいしい地酒と郷土料理、飲めない人と楽しめないもん」

何ともミもフタもない宣言だが、彼女は飲めない人が一人もいない席でこう言った。

その席で言うことは、彼女にとって最低限の作法だったのだと思う。

ただ、先が見えて来たから色々な人と楽しくゴハンを食べるという考え方もある。

私は飲めない人と二人の時は、飲まないと決めている。理由は簡単で、一人ではおいしくないからだ。別に一回の会食くらい、アップルジュースだろうがあったかいお茶だろうが、相手に合わせても何の問題もない。

「このところ飲みすぎだから」

「ドクターストップよ」

「今日はそんなに飲みたくないから」

とか何とか言う。

おいしく飲むことこそが、お酒に対する作法なのだと、このトシになるとわかるのである。

## ♀子供の幸せより女の幸せを求める

二〇一五年、中学一年生の少年が、地元の不良グループに殺害された事件があった。彼もそのグループの仲間であったというが、外れたいと動いていたようだ。それもあって、その前からリンチのようなことをされていたらしい。顔に大きなアザを作っていた写真も報じられている。母親はシングルマザーとして五人の子供を育てていた。

この事件が明るみに出ると、ネットでは母親のあり方をめぐり、大激論が巻き起こったという。母親には恋人がいて、家にもよく来ていたらしい。そのため、少年は家に寄りつきたがらなかったそうだ。週刊誌などによると、息子が帰って来なくても母親は捜索願を出さず、殺された翌日も恋人とデートしていたそうだ。

私は読んでいないのだが、著名女性が何かに、

「息子が顔にアザを作っている時点で、何かあるとわかるだろう。こうなる前に、も

っと母親であるべきだ」

という趣旨を書いたという。すると、

「シングルマザーはやることが多くて、大変なのだ。自宅で仕事をしている人に何がわかる」

という内容の反論で炎上したと聞いた。

報じられている母親の状況については、どこまでが真実かわからない。ただ、私も少年の顔を覆うようなアザを写真で見た時、その著名女性の言い分はもっともだと思った。

シングルマザーとしての日々が過酷であればあるほど、恋人に救われるのはわかる。恋人との時間がなければ、生きて行けないとさえ思うこともあろう。だが、まだ十三歳の息子が、顔を覆うようなひどいアザを作っていたなら、母親が平然としていることはありえない。多くの報道が本当なら、彼女も「母より女」に走ってしまったのだと思う。

実際、「母より女」が匂う事件はあまりにも多い。

平成十八（二〇〇六）年に、秋田市で小学校四年生の女児と一年生の男児が続けて殺された。犯人は女児の母親で、離婚していた。そしてやはり常に男の影があったらしい。近所の人はメディアに、

「お母さんの彼氏が来ている時は、子供は暗くなっても玄関の外に座っていた」

という内容を語っている。子供が邪魔になって殺したのだろうかという見方が出もしよう。

また『男の不作法』でも触れているが、東京の目黒で起きた女児虐待死事件では、実の母親の発言が印象的だった。

この母親は離婚し、再婚していた。前夫との間には五歳になる女の子がおり、再婚相手との間には一歳の男の子がいる。四人で暮らしていたのだが、継父が連れ児《ご》の五歳女児にひどい虐待を働く。冷水をあびせ、殴り、電気のない真っ暗な部屋に押しこめている。

実母もそれを止めるどころか、一緒になって虐待していた。

一歳児と両親の三人で外食に出ても、女児は一人で留守番。ろくに食べ物も与えら

れない。とうとう女児は十二キロまで痩せ、立ち上がることもできず、暗い部屋で寝たきりになった。そして、死んでいった。

印象的だったのは、逮捕前の調べで発した母親の言葉である。「衰弱した子供を病院などに連れて行かずに放置した理由」について、

「自分の立場が危うくなると思った」

と答えているのだ（秋田魁新報　二〇一八年六月八日付）。同紙では「虐待が発覚し、児童相談所や警察に介入されるのを恐れたとみられる」としているが、理由はそれだけではあるまい。この言葉はもうひとつ、大きな意味を含んでいると思う。

それは、再婚した夫が嫌がることをやりたくないのだ。彼女の実子に、虐待に次ぐ虐待を繰り返す夫。それに対してさえ、「やめて」と止めたり、病院に連れて行くことができない。そんなことをしたなら「自分の立場が危うくなる」からだ。夫と同じようにやらないと、捨てられるかも、出て行かれるかもと恐れたからだ。「母より女」を選択した。私はそう思う。

死んだ女児はかつて、

「ママは優しいけど、パパはたたくので怖い」

と周囲に話していたという(読売新聞　二〇一八年三月八日付)。

この言葉から、少なくともある時期までは「優しいママ」だったとわかる。いつから「母より女」になったのか。あくまでも私の想像だが、再婚相手との間に子供が生まれたことが、ひとつのきっかけになったことは考えられないか。

その一歳になる弟にはまったく虐待の形跡はなく、元気だったと報じられている。もしかしたらパパは溺愛し、そんな夫を見るのは女としても嬉しい。二人の間の子なのだから。

そのうちに、連れ児がいなければ、こんなに楽しい生活が送れるのに……と思ったとしても不思議はない。前夫との子がいなければ、自分の立場が危うくなることもない。

そして「母より女」が勝った。そう考えられないだろうか。

これらの事件は、ほんの一例である。報道をチェックすると、再婚相手や恋人と一緒になって、実子を虐待する女性は少なくないと気づく。

そして、その母親には生活苦や働きづめなどの苦労があることも、よく報じられている。また、幼い頃に家庭的な問題で苦しんだという経験を持つ女性もいる。そうであればあるほど、恋人や再婚相手の出現は光明だろう。

だが、子供はまだ薄い体をして、知恵も能力も知れている。庇護なしでは生きられない。それを虐待してまでも、「女を生きる」ことを情熱的とは言わない。淫乱と言うのである。

子供が成人してからでも恋はできる。なのに、子供を虐待するレベルの男に自分を合わせてどうする。淫乱に加えて頭も悪い。

## ♀ 何でも電車でやる

ある時、仕事を終えて、秘書と二人で国分寺からJR中央線に乗った。私たちは四ツ谷で降りるのだが、たまたま目の前の席が二つ空いた。

私たちは座って新聞や本を読み始めたのだが、ふと目をあげてびっくりした。通路をはさんだ真向かいに、二十代前半かという女性が座っており、何やら彼女は不可解な行動をしていた。

左手に大きな紙コップを持っている。スターバックスとかドトールとか、そういうコーヒーショップのLサイズだ。そこにストローが差してある。飲み物が入っているのだろう。膝には紙に包んだハンバーガーがのっている。そして、右手にはスマホを持っていた。

ここからがすごい。周りに乗客がたくさんいようが、駅に着くたびに客が乗って来ようが、彼女にとってそんな者は「いない者」なのだ。

やがて甘えたような表情を作り、目を見開いてパチクリさせ、今度は小首をかしげ、ハンバーガーをかじろうとする。すると「イヤーン、かじりつけなァい」とばかりにハンバーガーをぶつ真似をする。幾ら何でもハンバーガーをぶつか？　そして、今度は口をもっと大きくあける。電車は全然揺れていないのに、揺れたかのようにハンバーガーと鼻をぶつけて「メッ」という顔をする。女優顔まけの演技だ。その後、上目遣いでストローをくわえ、一口飲むとアヒル口でニッコリした。

もう新聞を読んでいる場合ではない。あまりの面白さと不気味なブリッ子ぶりに、目が離せない。私は秘書に小声で聞いた。

「彼女、何をやってるの？」

彼女は読んでいた本から顔を上げ、一目見るなり、こともなげに言った。

「ああ、自撮りです。ブログとかフェイスブックとかに載せるんじゃないですか」

「えーッ、薄気味悪いだけのあれ、見る人いるの？」

「いるんですよ」

「そうか、笑いたいって人たち」

「いや、本人は『可愛い私』って感じでやってると思いますよ」

単に不気味な見世物だと思った私は古かった。

いつ頃からだろう。電車内で色々なことをやる女が増えたのは。増えると、それをやる側も見る側も当たり前になってくる。

それでも当初、「電車内の化粧」はやり玉にあがった。化粧をする女性は、ＪＲでも私鉄でも地下鉄でも、本当によく見た。乗るたびに見たと言っていいほどだ。化粧もボックスシートでなら、まだわかる。だが、七人掛けシートや吊り革が並ぶ通勤電車仕様の車内でもやる。

先の自撮り女と同様、化粧女にとっても、乗客は「いない者」なのだ。私は新宿駅から乗車して三鷹駅に着くまでの約二十分間で、スッピンからフルメークを仕上げた女性を見ている。

それはもう「匠の技」だった。熟練の域、「現代の名工」である。

まずはカーラーを四つ、髪に巻いた。車内でカーラーまで巻くか！　驚いた。その後、化粧水をコットンでつけ、美容液のようなものを重ね、下地クリームを塗った。そして、ファンデーションを叩くように塗る。頬の高いところにチークをのせる。ここまでの工程は一切鏡なしである。

次にコンパクトを出し、鏡を見ながらアイシャドウをぼかす。その後、ビューラーでまつ毛をひっくり返し始めた。鏡でひっくり返り具合を真剣にチェックしながら、両まぶたにたっぷり時間をかける。次にマスカラ下地を塗り、マスカラに進む。まつ毛を下から持ち上げるようにマスカラを塗る時、女性たちはどういう顔になるか。たいてい、口が開くのである。乗客は「いない者」と思っていればこそ、できる顔だ。

車内で化粧をする女性には、私も慣れていた。だが、ドア付近から外国人観光客が、この「現代の名工」の技を一部始終撮っているのに気づいた時は、さすがに恥ずかしかった。

電車内でお弁当を食べる女子高生もよく見た。中でもすごかったのは、同じ制服を着た三人組。二人は座り、一人は吊り革につかまって立っていた。

お弁当はコンビニで温めてもらったのだろう。その匂いが車内に漂う。座席の二人はおしゃべりしながら大口を開けて食べ、立っている子に時々おかずを渡す。トリの唐揚げやら玉子焼きやら、よく覚えていないがそういうものを、その子は立ったまま指で口に放りこむ。

車内での食事は、女性一人ではできないだろう。三人だからこそだ。と思っていた私は甘かった。地下鉄銀座線でパックのサラダを膝に広げ、カップ麺を盛大にすすっている女性を見た。お湯はどこで調達したのだろう。

化粧女にもお弁当女にもカップ麺女にも、乗客の誰一人として注意はしなかった。私もだ。不快に感じていた人は多いと思うのだが、「見て見ぬふり」である。

注意をしないのは、してもお互いに不愉快になるだけだということ。逆ギレされたら恐いということ。「このクソババア、テメエは古いんだよ」などの言葉を聞きたくないということだろうか。

こうして乗客は看過し、それによってやる側は増長し、「何でもアリ」が普通になっていく。

だがある時、「何でもアリ」に慣れ切った乗客の、ド肝を抜くシーンに遭遇した。

平日午後のJR山手線だったか中央線だったか。何年も前になるのだが、私は今でもあの母子の顔はハッキリと覚えている。

車内はそれほど混んでおらず、私は座って新聞を読んでいた。すると「カラン、カラン」と音がして、私の前を缶ジュースの空き缶が転がって行った。すぐにまた二缶目が転がって来たので、その方向に目をやった。

すると、私から少し離れた座席に三十代らしき女性が座っていた。二歳くらいの女の子が隣にいる。「カランカラン」は、母親と女児が飲み終えたジュース缶だったのだ。

二缶は、車両の連結部の方まで転がって行った。電車でごみまで捨てるのかと、さすがに普通ではないと思った。だが、クライマックスはここからである。

私は注意することもせず、また新聞を読み始めていた。しばらくすると、さっきの母親が子供を叱るような声がした。見ると、ちょうど母親が子供のパンツをおろすところだった。

そして女児の両脚を広げて抱き上げると、ドア付近でオシッコをさせたのである。

これには声を失った。電車でトイレまですませるか? オシッコは床の上を流れて行く。

黙っていられないと思ったのだろう。年配の女性二人がそばに行き、注意した。言葉は聞き取れなかったが、たぶんこの仰天行為を叱責したのだと思う。いざとなれば私も行こうと思い、隣席の女性も腰を浮かした。

すると、注意の声とは比べられない大声で、母親が二人にくってかかった。日本語ではなかった。

血相を変えてまくし立てる口調から、たぶん、

「我慢できないって言うんだから、しょうがないでしょッ。子供なんだからッ」

とか、その類の反論だろうと思う。

あの時、日本語ではない言葉を聞き、車内に「行儀悪いって評判の国だから、これくらいやるよな」という雰囲気が流れ、私を含め、乗客が引いたように思う。注意した二人もその場を離れた。

あの時、思った。匠の技を撮った外国人観光客が、自国に戻ってから周囲に見せた

り、ネットで拡散させることはないだろうか。それは日本の恥だ。今に「日本か。電車でメシも食うし、化粧もするし、何でもやる国だから」と拡散したら悲しいことだ。

それにしても、日本人はいつから電車で何でもやるようになったのだろう。かつては化粧も飲み食いも、しなかった。

私の思うところで根拠はないが、特に女たちが電車で何でもやるようになったのは、三五〇ミリリットルのペットボトルが普及した頃ではないだろうか。

今は老若男女、誰でもペットボトルに口をつけて、ゴクゴクとのどの動きを見せて、水なりお茶なりを飲む。まして、今年のように「危険な猛暑」とされ、「こまめに水分と塩分を摂れ」と言われ続けると、駅であれ電車内であれ、道端であれ歩きながらであれ、ペットボトルに口をつける。生命の危険があるのだから、当然だ。

だが、この飲み方はかつては「ラッパ飲み」と呼ばれ、女性はやらなかった。ラッパを吹くように上を向いてゴクゴクと飲むことは、行儀が悪いと教わっていたのだ。今は上品な年配のご婦人でも、ラッパ飲みである。もはや、やる側にも見る側にも、何の違和感もない。

ラッパ飲みが一般的になり始めた頃から、電車内で何でもやるようになったのではないだろうか。あくまでも私個人の考えだが、そう思う。よく言えば何でも自由にカジュアルに肩を張らなくなり、悪く言えばタガが外れた。

とはいえ、電車内で化粧をする女性は、最近、めっきり減ったように思う。理由はわからないが、ほとんど見なくなった。

また今後、ラッパ飲みもほんの少しは減るような予感がする。昨今、テレビや雑誌で大きく取りあげられているからだ。ラッパ飲みしたペットボトルは、雑菌の繁殖がすごいのだという。菌は飲料の残りにも入り込み、どんどん増えて行くそうだ。テレビで医師が、

「コップで飲む方がいい」

と勧めていた。

過剰とも言えるほど衛生的で清潔を好む日本人。それが結果として、行儀や不作法を正すとすれば、それも面白い。

# ♀財布を出さない

女性の誰もが、みなそう思っているわけではなかろうが、男性にごちそうされると、ちょっと嬉しいのではないか。

それは自分の懐《ふところ》が痛まないからではなく（多少はそれがあっても）、「女性として大切にされた」という気がして、嬉しいのだと思う。

オーバーに言えば、そこに男性の「騎士道精神」を見るのだ。ヨーロッパ中世の騎士《ナイト》が、か弱き女性を守る精神である。こう書くと「男女平等だ。男らしさだの弱き女だの、それこそ時代錯誤だ」と怒る人たちもあろう。だが、男性におごられると嬉しい気持の奥には、それが間違いなくあると思う。

お金もないのに、無理をしてもおごってくれたりすると、キュンとなる。次はお返ししようとも思う。

中学生や高校生の女子が、アイスクリーム一個、缶ジュース一本でも男子におごられると、嬉しい。それは自分のお小遣いが減らない嬉しさがあったとしても、男子の騎士道精神が嬉しいのだ。私は固くそう思っている。

その一方、女性は割り勘も平気である。男性の懐具合も察しており、割り勘にすべきところではする。むしろ、おごられるべき相手ではないのにおごられる方がイヤだろう。これらももちろん、すべての女性がそうだと言うのではない。

ただ、今回会った女性の多くは言っている。

「割り勘は前もって言ってほしい。食事の約束をする時に『今回、割り勘な』とか『メシは俺がおごるから、映画代出して』とか。前もってサラッと言ってくれればいいのに、会計の時に突然『割り勘でいい？』とか言われると、すごくしらける」

わかる。

中には、

「私はいつでも常に、男性が女性におごるものだと思う。それが男でしょ」

と言う女性もいたし、男性の一人は、

「女には出させない。僕も経済的には苦しいけど、見栄もあるから、必ず支払う。女って割とシャラッとしてるよ」

と言った。

私の古い知りあいにも、常に男性に支払わせている女性がいた。彼女は大学時代は自治会の闘士で、その後も男女平等や男女共同参画の運動に頑張っていたらしい。私は二十代の時に顔見知り程度だったが、ずっとつきあいのある女友達はムカついていた。

「見てると、うまく男たちにやらせてる感じがイヤなのよねえ。何かと言うと男女差別だってクレームつけるのに、絶対に男はおごるものと思ってるし」

そしてついに、キレて、言ったそうだ。

「あなた、お財布に男女共同参画はないわけ？　主義主張に反するのね」

言われた女性は非常に不快気な顔をし、それ以来、交遊は途絶えたという。

このように「男は女におごるもの」と決めている人は別だが、そうではない場合、女性の立場で言うと、お財布の出し時というのはとても難しい。おそらく、男性が考えているより遥かに。

いつ、「ここ、私にも出させて」と言えばいいのか。そのタイミングが難しい。

前もって「今回、割り勘な」とされた場合は問題ないし、夫婦や恋愛関係なら思ったようにできる。問題は恋愛途上とか、友達とか、上下関係のない人とかの場合だ。

今回話を聞いた中には、

「食事が終わりに近づくと、会計はどうするんだろう。私にも……って言っていいのか。いつ言えばいいのかって、食べることよりそっちが気になってきます」

と言った人が複数いた。

今はどうかわからないが、かつては女性のマナーとして、

「会計は男性にさせる。そして店の外に出てから『私にも』と言って、お金を出すこと。レジで割り勘がバレるようなことは、男性のプライドを傷つける。

一番スマートなのは、前もって封筒に大体の額を入れておき、外に出たらサッと渡す」

と、よく女性誌などに書いてあったし、私は先輩女子社員から直接教わっている。

今の時代、この気配り過剰にはかえって男性たちがムカつきそうな気もするが、少なくともある時期の作法だった。

今なら、たとえば会計の前にタイミングをはかり、女性が「ここ、私にも」と言うことが多いのではないか。こういう時、たぶん女性側の気持は、男性が何と答えるか、半々だろう。自分にも支払わせるか否かの「半々」の心理が複雑なのだ。もしも、男性が軽く、

「そう。じゃ、割り勘にしようか」

と答えたとする。この瞬間、女性はガクッとなる。自分も払うという気持は、確かに半分はあった。だが、男性のこの言葉は聞きたくなかったなァと思う。

この心理をどう言えばいいのか……。何だか情けなくなってくると言うか、「え？ホントに払わせるの？」とびっくりすると言うか、「このくらい出した方がカッコいいのに」とあきれると言うか。女性たちの「超勝手」な心理ではあるが、男っぷりは真っ逆さま。

一方、「ここ、私にも」と言った時、男性が軽く、

「あ、いい、いい」

と言うと、男っぷりは急上昇。女性も支払う気が半分あったのにだ。だが、心のどこかでは「払わせてほしくない」と思ってもいた。お金を出したくないのではなく、相手にガッカリしたくない気分は確かにあると思う。

そして、ごちそうされた時、女性の多くは本心から、

「ごちそうさま。次は私がごちそうするね」

と言うはずだ。

一方、女性から割り勘を言い出すタイミングとして、意外と男性に受けが悪かったのは、

「ごちそうになっていいのかしら」

という言葉だった。

女性の立場で言うと、ストレートに割り勘は言い出しにくい。それに、男性は最初からごちそうする気で誘ったのかもしれない。ならばこう言い、「次は私が」と思う。

ところが複数の男性が、

「最初っからおごられる気でいる感じがして、『ごちそうになっていいのかしら』は不愉快」

「ハッキリと『半分出させて』と言うか『ごちそうさま。おいしかったァ』とかって言う方が、ずっと可愛いよ」

だそうである。男心も難しい。一人は、

「基本、男は男が出すものと思ってますよ。だから『ごちそうさま』と言うのは当然でしょう。だけど、それを言わない女もいるからなァ」

確かにいる。私の年代になると、どうしてもごちそうすることが多くなる。会計をすませて外に出ると、相手が、

「私はJRで帰りますが、どうしますか」

などと、ケロッと言う。その前に一言あるだろうと思う。男たちはきっと、そんな思いを幾度もしているのだろう。

かと思うとある時、私と女友達を幾度も幾度も食事に誘う男性グループがあった。顔見知りという程度のグループだ。女友達が言った。

「私たちの意見を聞きたいって言うのよ。何か仕事がらみのことみたい。私、今ちょっと立て込んでるんだけど、何回も電話が来るし、時間取るわよ。あなたはどう？」

となり、会うことにした。

店は彼らが決めた、都内の料亭の座敷だった。何を相談され、私たちがどんな意見を言ったのかもまるで覚えていない。ハッキリと覚えているのは、帰り際にテーブルで、

「じゃ、頭数で割ります」

と言われたことだ。

これはまったく考えていなかった。ここに至るシチュエーションを思うと、私たちには出させないのが普通ではないだろうか。だが、私たちはごく当たり前のように、一万円札を何枚だったか出した。いいトシをしているのだから、ごく当たり前にである。

そして、幹事役の男性は、ご丁寧に全員に割り勘の領収書を配った。

その夜、彼女と別の店で飲み直し、

「相談ごととか言って、向こうが何度も誘ったのにね。びっくりした」

「あれだけの額を払うなら、他にいい店いっぱいあるわよ。ホントに腹立つ」

「料亭にしたのは、見栄張ったのかも」

「見栄なら頭数で割るなって、まったく」

となったものである。

かと思うと、私は二十代の若い男性たちに何度も誘われた。彼らは私が監督をやっていた頃の、東北大学相撲部員である。卒業して就職していたが、もちろん私が支払う気で行った。「悪しき風習」と言う人もあろうが、体育会は上下関係にうるさく、強豪私大ではない東北大でも、そういうところはあった。

私は何年たとうが「監督」の立場であり、彼らはたとえ五十歳になっても「部員」。そこの上下関係は消えない。

指定された店に行くと、懐しい顔が集まっていた。そして乾盃がすむと、大きな四角い皿が運ばれてきた。その皿いっぱいに、化粧まわしがあった。魚介やローストビーフや卵焼きや野菜などで描いた豪華な化粧まわしである。そして元主将が、

「現役時代、いつもいつも監督にはメシ食わせてもらいました。ありがとうございました。今日は俺たちからお返しです。いつか返そうなって話してたんです」

と言うと、全員が声をそろえた。

「いつもごちそうさまでしたッ」

ウルウルした。

ごちそうされたら、「次、私ね」と口にし、実行することは作法かもしれない。それが何回かに一回であってもだ。

次に会いたくない相手にごちそうされたら、おいしい食べ物とか飲み物とか、映画やテレビ業界で言うところの「消え物」を贈る。お礼の気持を示すのも女の作法ではないだろうか。

## ♀ 型通りの反応しかできない

何を言っても、何を見ても、何を聞いても、何に出会っても、

「ヤバーイ」

「無理」

「受ける～ゥ」

しか言えないのは、まずいだろう。

若いうちはともかく、しかるべき年齢になったらやめる方がいいのではないか。しかるべき年齢というのは、個々人の判断による。

何でも「ヤバーイ」「無理」「受ける～ゥ」の三語ですませる女性を、

「頭が悪いんだと思う」

「何かこっちがバカにされてる気になる」

と、複数の男性が答えている。それも中高齢者ではなく、二十代、三十代の男性だ。これにはちょっと驚いた。私はこれらはもはや普通に使われ、若い男性は当たり前に受け入れていると思っていたのだ。

テレビの街頭インタビューなどで、母娘にマイクが向けられることがある。娘はごく普通に「ヤバイ」と言う。それがオリンピックのメダリストによるパレードであっても、災害現場の様子であっても、おいしいと評判のケーキであっても、死に至りかねない猛暑であっても、一言、

「ヤバイ」

ですませる。

面白いことに、母親の方は「ヤバイ」はあまり使わない。その状況を見ていると、しかるべき時にやめたのかなと思わされる。むろん、すべての母親がそうだと言うのではない。中高年でも「ヤバイ」「無理」「受けるゥ」と言う人はいる。

この三語のように、何にでも使える空疎な言葉ばかりを使っていると、やがてまともに話せなくなるのではないか。それは当然の結果だろう。

『男の不作法』でも、政治家の言葉が空疎なことに触れたが、女性政治家の得意な言葉がある。気をつけて聞いていると、すぐに気がつくはずだが、これも「逃げ足用」の型通りの言葉である。

たとえば、「誤解を招くことをした」という一言。「ヤバイ」と同じに何にでもこれを使う。国を引っぱるいい大人がである。

男女議員とも不倫が大好きなようで、枚挙にいとまがないが、ある女性議員はダブル不倫を写真誌で報じられた。二人で車に乗っている写真だけなら「誤解を招くことをした」ですむが、男性とバラバラにホテルの一室に入って行くところも撮られている。

これに対して、その女性議員は、

「誤解を招くことをしました」

と弁明。夜にホテルの一室に男女二人で入り、この言葉は普通は通用しない。が、こう言って平然としている。

また、かつて、ある女性大臣は公衆の面前で、言ってはならぬことを言った。彼女の立場からして、命取りになる失言、暴言だった。それが録音されており、メディアを通じて公になった。すると彼女は言った。

「誤解を招くことをしてしまいました」

録音が残され、言ってはならぬことを断言しているのに、何が誤解なのだろう。この言葉はどこから出てくるのか。

この二例だけではないが、誤解を招いたと言うなら、誰がどこをどう誤解しているのかを明確に言うべきだろう。そして、人権侵害で訴えればいいのである。

明確に言うことも、訴えることもしないのは、それが誤解ではなく、事実だったからだろう。

学歴も職歴も「キャリアウーマン」のトップを走っているであろう女性政治家が、空疎な言葉で逃げる。それを見ていれば、一般女子が「ヤバイ」「無理」「受けるゥ」ですべてをすまそうとするのも、無理ないか……と思うのである。

だいたい、不倫の釈明にも大臣の仕事上の失態にも、おそらく他の不都合なことにも、「誤解を招くことをしてしまった」を使うことはありえないと、わからないのか。

いや、わかっていて使っている。逃げ切るには、この一言が実に便利なのだということをわかっている。だからこそ、使うのだろう。これまで逃げさせて来た私たち選挙民に問題がある。

「ヤバイ」にしてもだ。たとえば災害現場の状況を見た時と、おいしいケーキを食べた時と、アイドルのカッコよさに感動した時と、すべてを「ヤバイ」ですませるのは、悲しいほど貧困なことだ。

何もかも「ヤバイ」「無理」「受けるゥ」ですます女性を、男性たちが「バカにされてる」と思うのは当然だが、その言葉しか使えない貧しさは、学校や家庭でどうにかしなくてはならないのではないか。女性政治家の「誤解を招く」等々の根底には、本人の狡《ずる》さがあるので別問題だ。

また、女性の場合はこれら空疎な言葉を反省すると、一気に情報過多の手垢のついた慣用句に走る場合がある。その例を具体的に書くことは控えるが、手垢のついた美しい慣用句は、小綺麗にはまとまる。だが、相手の心に響く力はないように思う。

思ったこと、感じたことなどを、できるだけ自分の言葉で、伝える努力は必要だ。

最初はたどたどしかったり、ぎこちない言葉であってもだ。

それを始めないと、幾つになっても「ヤバイ」しか言えない女性になる。それこそヤバイ。

# ♀みんなにいい顔をする

アッチにもコッチにも、みんなにいい顔をする人は昔からいた。

やはり女性に目立ったし、私自身も高校生くらいまではそうだった。今では言いたいことを言っているように思われ、信じられないかもしれない。だが、面と向かって「あなた、八方美人よね」と言われたこともある。

そう、アチコチに気遣いしてみんなにいい顔をする人は「八方美人」と呼ばれる。

誰にも嫌われないように、傷つけないようにとそうしているのに、「信用できない人」だとして誰からも嫌われることが多い。

よく「四方八方」と言うが、四方は東西南北の四方向である。「八方」となると、この四方向の他に北東、北西、南東、南西が加わる。いわば全方向である。

八方美人は全方向にいい顔を見せるわけであり、これは相当疲れると思われそうだ。

だが、八方美人だった頃の自分を思い出すと、疲れた記憶はない。むしろ、そうしない方が心の負担だった。

全方向にいい顔を見せるとは、どういうことなのか。つまりは、全方向に、当たり障りのない言動をするのである。

北で人と会えば当たり障りのないことを言い、南東で人に会えば当たり障りのないことを言う。陰で「信用ならないよね」などと言われているとも思わず、本人は人徳を備えている気でいたのかもしれない。

かつての八方美人はこの程度だったが、最近の八方美人はグレードアップしている。十代後半から三十代の若年層の様子を聞き、驚いた。

昨今は、全方向にいい顔をするだけでない。その場にいない人に対して周囲が悪口を言うと、それに合わせて一緒に陰口を叩くのだという。

ここで驚いてはいけない。ここからがすごい。陰口を叩いた相手に会えば、平然といい顔をするのだという。

たとえば、Aグループと対立しているBグループと一緒の時は、Bグループにいい顔をして、対立しているAグループの陰口を叩く。またたとえば、P子と会えば、P子にいい顔をする。そしてP子が大嫌いなZ子の陰口を一緒に叩く。Bグループや P子にしてみれば、対立している相手を叩いてくれるのだから、いい気持だろう。自分の仲間だとも思うだろう。

だが、本人はAグループと会えば同じようにBグループを叩き、Z子と会えばP子の陰口を言う。

私は聞いていて、思わず確認した。

「バレないと思ってやってるのかしら」

彼女たちの答は明快だった。

「バレます。本人たちがバレないと思っているならバカです。一〇〇パーセントバレます。だって『××さんがあなたのいないとこで、こう言ってたわよ』とつげ口する人だっているし。そうなれば『陰で悪く言いながら、表では平気で仲よくしてたんだ』となる。どっちからも切られますよ」

そして、別の女性が言った。

「現実にバレてるから、不作法例として内館さんに伝えてるわけですし」

その通りだ。

そうでなくとも八方美人は不作法なのに、グレードアップしたそれは、時に命とりになる。それはそうだろう。裏表のある人間と誰がつきあいたいものか。

一方、そこまでしても八方美人をやる女性たちの気持もわかる。とにかく「繫《つな》がる」ことが重要視される時代だ。SNSだのLINEだのでも繫がっていたい。LINEの返事が遅いと仲間外れにされるからと、二十四時間体制で返信するという話もよく聞く。

そんな時代にあって、仲間外れはイヤだ。一人ぼっちは淋しい。そう思えば、八方美人にもなる。表では全方向にいい顔をしながら、裏では全方向に悪口を言う。そうしないと繫がりが切れるという恐れも出てくるだろう。

それが「いじめ」に進むこともある。いじめで自ら命を絶つ人は男女を問わず、小学生からいる。警察や教育委員会が、何が自殺に追い込んだのかと調べると、「仲間外れ」や「無視される」という原因がかなりの頻度で出てくる。

また、ママ友となると子供にも関わることであり、繋がりが切れるのは本当に恐いことだろう。

とはいえ、そうまでして繋がる必要があるのかどうか、一度立ち止まって考えてみてもいい。おそらく、裏では陰口を叩きながら、表では全方向にいい顔をしている自分に、本人も決していい気持はしていないだろう。グループというか派閥というか、そこのボスの顔色を見続けていれば手下根性《てか》も出てくる。本人はそれも気づいていて、そんな自分に屈折した思いも持っているはずだ。

八方美人をどこまでやるかは、本人の精神状態に大きく影を落とすと思う。少なくとも今は、自分が置かれている現状から逃げることも、繋がりを切ることも無理だというなら、心のどこかに留めておく方がいい。ひとつ目は、手下になってまで繋がりを求める必要はないこと。二つ目は今の状態は本当に「友達」と呼べる関係なのかということ。三つ目は友達はいた方がいいが、いなければいないでいいこと。友達は「作る」ものではなく、「できる」ものだ。力を入れて「友達作り」をすれば、必ず無理が来る。

おそらく、八方美人本人ではなく、八方美人にさせる側こそが不作法なのである。

## ♀ 自分をけなして自慢する

嬉しくて誇らしくて、誰かに自慢したくてたまらないことがあった場合、どう言うか。ストレートに、

「初孫が生まれたのよ！　三五〇二グラムもあって、ジージにそっくりなの。主人は『ジージって言うなよ』なんて怒るけど、内心ではもう嬉しくて嬉しくて」

とは言いにくい。また、

「お陰で娘の結婚が決まったの。お相手は東大出のエリートで、ご実家も金沢の名家なんだけど、うちの娘、ホラ『ミス着物の女王』でしょ。あちらのお義母《かあ》様、大喜びよ」

も言いにくい。

自慢はしたいが、こうは言えないことはわかっている。それでも自慢したい。なら

ばどうするか。自分をけなしたり後悔してみせたりして、自慢するのである。

たぶん、多くの人が一度はやられているのではないか。私など何回やられたかわからない。男女を問わずにやるが、私が見る限りにおいて、圧倒的に女性に多い。

孫が欲しくてたまらないのに、できない二人がいたとする。だが、一人にはとうとうできた。元気で大きな男の孫だ。

この嬉しさを言いたい。残酷だが孫ができない彼女に言ったら、一番快感だと思うだろう。そこで「けなし自慢」である。

「アナタ、孫がいなくて正解よ。私も欲しかったけど、いざできてみると大変よ。娘は孫と一か月うちにいるから、私たちまで孫中心の生活よ。主人なんて『ジージにそっくり』とか言われて『ジイサン扱いするな』なんてさァ。孫がいないって悪くないと思うよ。私なんて体のアチコチが痛いのに、これからお宮参りだ何だって狩り出されるし、初節句には五月人形もいるし。孫なんてお金がかかるだけ。夫と二人で静かに暮らすのって、絶対にいい。アナタ、正解よ」

と、こうなる。また、

「今度、娘が結婚するのよ。お相手は東大出の弁護士だけど、今、東大出も弁護士も世の中に掃いて捨てるほどいるからねえ。それより、この結婚、正直、困ってんのよ。相談にのってよ。お相手の実家ってのが、金沢の何百年も続く名家なのよ。父親は大学教授で母親は茶道の家元でさ、お兄さん二人は医者なのよ。何かおつきあいが大変そうで困ってるの。アナタのとこのお嬢さんみたいに、結婚しないで親と楽しく暮らすのが、実は一番いいって最近気づいた。羨ましいよ、アナタ。まあねえ、一番の救いは向こうのお義母さんが娘を気に入ってくれたことくらいかなァ。娘ってホラ、『ミス着物の女王』になったでしょ。別にぜーんぜんたいしたことないんだけどさ、娘のいないお義母さんは嬉しくてたまんないらしいのよ。ま、いつまで続くかわかんないって。すぐに嫁姑戦争よ。嫁に出したくないわ。アナタ、大正解」

と、こうなる。

自分や周辺をけなし、相手を羨んでるように見せながら、自慢項目を余すところなく語る。そのテクニックは圧巻。そんなヤツに「アナタは正解」と言われて、どこの誰が「そうか。私って正解だったのね」と思うものか。

これはストレートな自慢よりタチが悪い。ストレートを遥かに超えた不作法である。というのも、聞く側は自分が下位にあると認識させられるからだ。

孫が欲しいのにできない人の、娘の結婚を心配している人の、その状況を持ち上げる。だが、持ち上げる本人は望むものを手にしている。そのくせ、その状態をけなす。持ち上げられている人は、その言葉によって、自分が下位にいることを再認識させられる。この不作法は許し難い。

自慢話は聞きたくないが、まだしもストレートな方がマシだとさえ思う。一人で勝手に自慢し、鼻高々なだけで、こっちを利用しないからだ。

私自身、結婚適齢期やチョイ過ぎの頃は、決してオーバーではなく、毎日のようにやられた。中高年のオバサンにもやられたが、意外と同年代の女性にやられるのである。

たとえば、今で言う「女子会」をやろうとして電話をかける。すると、相手が一児の母だったりすると、夫と子供の日々がいかに楽しくて幸せかを言う。

「あなたは独身かァ。いいなァ、独身が一番よ。主人は結構いい店に連れてってくれたりもするの。優しいし幸せよ。でも、そういう夜は母に任せて来た子供が心配で、夫婦してすぐ帰るのよ。だから最近は子供を寝かしつけてから、主人と二人でコンビニおでんにワインよ。色んな話しながらね。でも、ホント言うとあなたが羨ましい。自由な時間を持っているって最高よ。戻れるなら戻りたい」

また、

「うちの夫、来年からニューヨーク勤務なのよ。夫は責任あるポジションにつくから、妻の私まで大変よ。夫婦出席のパーティとかも多いんだって。あーあ、あなたと一緒に雑用やってた時代が一番よかったわ。今になると、マンハッタンのアパートで夫と暮らすより、責任も何もない雑用やって、お茶くみやってという気楽さ、よかった。アナタの暮らしが正解よ」

となる。

こっちは十年一日の如く「責任も何もない雑用」をやって、「夫」とも「マンハッタン」とも無縁で、先に何の光も見えない日々を送っているのだ。彼女にしてみれば、そんな私たちに言うのが嬉しい。言うことで自分の幸せは倍増する。

何とも残酷な喜び方だが、その気持は理解できる。私が逆の立場だったら、やっぱりそうやっていただろう。

私は小説『終わった人』（講談社文庫）を書いて、実感させられた。

人は定年年齢になると、みんな横一列に着地する。それまでは確かに、エリートと非エリート、美人と不美人の間には差があった。ここに至るまでの間、見る風景も違っただろうし、手にする数々にも差があった。

だが、定年年齢になって、同窓会やサークルの集まりなどに出るとわかる。大半が社会の第一線から外れ、趣味やボランティアにのめりこもうとするか、暇をもて余している。若い頃、どんなにエリートであってもだ。また、美人でチヤホヤされ、自分の美貌を十二分に意識し、時には武器にして生きてきた女性であってもだ。その年齢になって会うと、垢抜けない単なるデブだったりする。

こういうシーンに出会うと、世の中、うまくできているものだと思う。

「けなし自慢」をやられたら、

「ま！　すてき。いいなァ、羨ましい」

と最大限の讃辞を吐き、腹の中で、

「言ってろ！　今だけの徒花《あだばな》だ」

とせせら笑っているのが、正解である。

## ♀ 大変さをアピールする

「女性の不作法って、どんな時に感じますか？」

と、幅広い年代の男女に聞いた今回であるが、年代による違いは当然と思っていたものの、興味深いことがたびたびあった。

その顕著な例が「自分の大変さをアピールする不作法」である。

二十代半ばから三十代前半の、若い男女は言った。

「俺、女性が『私、毎日大変なの。仕事もあるし、子育てに家事に』とかってアピールするのがすごく聞き苦しい」

「そういう女性って結構いますよね。それって、私ら女性だって聞き苦しいですよ」

「うちの会社にもいる。何かっていうと『保育園のお迎えがあって』とか『帰ったらバッグ放り投げてすぐご飯作らなきゃなんない』とか、もう言う言う。私らろくに聞いてないけどね。言ってろ！　みたいな」

「もっと手伝えって言われてる気がして、男としては……。イヤなんだよな」

「手伝い方が足りないんだと思う。現実に」

「先輩たち見てても、最大限手伝ってると思うけどな」

「僕も仕事に支障をきたすギリギリまで手伝ってます。だけど、帰ると不機嫌な顔で女房が『私はこれやって、あれやって、こっちもやって、そっちもやって。どんなに大変かわかる？』ですよ」

「私は今、四十代で、結婚してないから無責任に聞こえるかもしれないけど、結婚も出産も自分で選んだ道でしょう。仕事を続けることも。仕事をしないとやっていけないとか事情はあると思うよ。でも、自分で決めたっていう意識、もう少しあってもいいと思う」

「夫と一緒に決めた道だと思うから、夫もできる限り頑張ってるんだよ。だけどなァ、大変大変のアピールはイヤだよなァ」

「うちの会社にもそういう女子社員、かなりいますよ。それで必ず『日本は遅れている。働きやすくない』『女性に冷たい社会だ。これで子供なんか作れない』とか、そっちに行く」

「被害者ヅラするんだよなァ」

「放っときゃずっと言ってるからさ、私なんか話を切りあげたい時、必ず同調するよ。『日本はホント、ダメ。大変ですね、わかります』って」

「言ったってしょうがないのにね、愚痴なんて」

いや、言ってもしょうがないことを言い続けるのが愚痴なのだ。

大変さを愚痴る女性たちにしても、そうしたからと好転するとは思っていないだろう。愚痴で国が動くとか、会社が週休三日にしてくれるとか、考えてはいまい。業務や勤務時間を軽減してくれたとしても、会社は、減収に結びつけるであろうことも察している。

私と同年代の女友達が、昨年の冬に急死した。突然、心臓に異常をきたしたのである。

私は彼女とは十代の頃に親しかったが、いつの間にか年賀状の交換だけになり、もう何年も会っていなかった。彼女は学生の頃からマジックが趣味で（当時は「手品」と言った）、そういうサークルで楽しくも真剣に打ち込んでいた。今でも仲間たちと「研修会」と称して、月に一度は集まり、終了後は賑やかに飲み会である。彼女が亡くなってから、長いつきあいのマジック仲間たちからそう聞いた。

ところが、そのマジック仲間たちでさえ、彼女の壮絶な暮らしをまったく知らなかった。

彼女は三十代前半で結婚して、二人の子供を出産。子供が小学一年生と幼稚園の頃に、実父と実母の介護をしなければならなくなった。一人娘だったので、子育てと家事と介護に追われる三十代だったのだと思う。それを十年ほど続け、両親を見送った。すると今度は義父が突然の病気で半身不随になり、義母の認知症が進み始めた。

おそらく、彼女は四十代に入ったところだったと思う。今から三十年ほど昔のことであり、介護保険もケアマネージャー制度もデイサービスも、なかったのではないか。また老人ホームや施設も、今ほど普及していなかったと思う。そして、「夫は妻を手伝わない」という時代だった。

彼女は孤軍奮闘し、義父母の食事から下の世話までをこなした。十年以上続けたらしい。看取った時には五十代半ばくらいだろうか。

すでに子供二人は独立し、やっと彼女も自分の時間を持てるようになった。そしてずっと休んでいたマジックサークルに復帰、夜の飲み会にも復帰である。どんなに嬉しかっただろうと仲間たちは言う。

ところが、今度は元気だった夫が病に倒れた。彼女が六十代前半の頃だったという。命に関わるものではなかったが、退院後の日常生活は妻の手を借りないとこなせない。その上、週に二回は病院に行かなければならない。一生続けなければならない治療があったのだ。病院は遠く、待ち時間を入れると半日かかる。運転は妻である。夫を抱いて乗り降りさせることはもちろんだが、車椅子をトランクに積んだり降ろしたりということも、還暦を過ぎた身には負担だったに違いない。

子供二人のうち、長男は海外に赴任しており、長女は結婚して地方都市に住んでいた。長女はちょうど子供に手がかかる頃で、そうしょっちゅうは助けに来られない。経済的にもだ。申し訳ないと言う娘に、彼女は「親四人の介護に比べれば、お父さんの看護なんて何でもないわよ」と伝えていたという。今度は色んなサービスも利用していたのだろう。看病は六、七年に及んだが、マジックサークルにも毎月来ては、楽しそうだったそうだ。

その夜の飲み会で、彼女は隣席の仲間に、

「何か疲れるから、明日、病院に行くの。トシよねえ」

と笑っていたという。

そして翌日、検査と診察をするなり、医師は「即入院」と言ったそうだ。彼女は慌てた。

「わかりましたが、明日は夫を病院に連れて行く日で、終了後でいいでしょうか。今日急には入院できないんです」

こうして入院を一日延ばしてもらったのだという。

翌朝、妻が起きて来ないので、夫が寝室に行くと、すでに亡くなっていた。私は「心不全」とだけ聞いた。

葬儀の日、彼女がこんなにも大変な三十五年余りを送って来たとは、誰一人知らなかった。もちろん、私が知るはずもない。賀状にはいつも元気な近況が書かれていた。

誰もが異口同音に、「どうして一言言ってくれなかったんだろう。少しは力になれたかもしれないし、愚痴を言うだけでも楽になったんじゃないか」と言った。だが一人が、

「言わないわよ。言ったところで代わりにやってもらえるわけじゃないし、愚痴ると後で自分がみじめになるのよね」

と断じた時、誰も反論しなかった。私たちの年代になると、良くも悪くもその境地に到達するのかもしれない。介護だけでなく、家庭や仕事の問題でも「大変だ、大変だ」とアピールする六十代、七十代に多くは会わない。もっと年を取ると、愚痴は止《と》まるところを知らなくなるが、比べると六十代、七十代には多くないように思う。

考えてみれば、若い女性たちが大変さを訴え、愚痴をこぼすのは、「明日のある対象」についてだ。子育ては苦労でも、将来のある子供だ。仕事が忙しいと言っても、責任も期待も明日につながる。

一方、若くはない女性たちは、「明日のない対象」に身を削っている。対象の年齢

や状況を考えても、すっかり元通りになるのは難しい。それでも放ってはおけないし、覚悟を決める。

敢えて言うが、亡くなった友人は、不毛なスパイラルに入らざるを得なかった。諦念も含めて、それを引き受けた以上、理解できない人たちに話してどうなるというのか。代わりにやってくれるわけじゃないし、という境地に行き着いたように思う。

今や、介護も看護も一人で抱えてはならないと、誰もがわかっている。各種サービスや公的支援を利用することは絶対に必要だ。それでも、個々の負担はある。それが積もり積もって身体を壊してはならない。そう考えると、老いも若きも他人に現状をアピールすることを、あながち悪いとは言えない。

ただし、聞かされる側の迷惑も考え、「言ってもしょうがない」ということも心に留め、過剰にアピールしないことだろう。

この作法は、聞かされる側に「サラリとならば聞く」という心理を呼び起こすように思う。

## ♀ 有名人と親しいと誇る

有名人の名が出ると、自分といかに親しいかを言う人がいる。聞かれもしないのに、自分から言う人もいる。実際に親しいのだから、相手が有名人であろうとなかろうと、口にすることは別に何の問題もない。

だが、相手が有名人の場合、それを誇って言う人はどうも評判がよくない。不作法だととらえられていると感じる。

思うに、「アピール」という印象を与えるからではないか。『広辞苑』をはじめ、どの辞書を調べても「アピール」の意味は「訴える」と出ている。

相手が有名人の場合、ごく普通に言うのではなく、そこにアピールの匂いが漂う。こっちがそう感じるだけの場合もあろうが、とにかくそう感じさせるから、不快なのである。

アピールは男女を問わずにするが、

「ニックネームで呼んだりするのって、絶対に女の方が多いよ。やだよねえ」

と言う人が多く、「確かに」と気づかされた。

普通、多くの場合、有名人のことは呼び捨てである。たとえば「高倉健」とか「長嶋茂雄」とか「村上春樹」とかだ。この呼び捨ては、対象との距離をあらわしていると思う。「さん」で呼ぶほど近くないのである。

私は昔から女優の「岸恵子」が憧れの人だった。もちろん会ったこともないし、映画や雑誌で見るだけの人だ。当然ながら「岸恵子」と呼び捨てである。

やがて、私は脚本の勉強を始めた。その時、「岸牧子」というペンネームをつけた。そのくらい憧れていたし、そのくらい遠い人だった。

色々な脚本コンクールには、そのペンネームで応募し、佳作として「岸牧子」の名が雑誌に出たりもした。だが、脚本家など簡単になれる職業ではないとわかっており、佳作で終わるのだともわかっていた。

が、世の中というところ、思ってもみない方向に転がる。脚本家の卵とさえ言えない私に、ある日突然、二時間ドラマの依頼があった。これは有名脚本家たちが多忙で引き受けられず、制作者側が「いっそ新人でいこう」と決めた結果だったと、後で聞いた。

そのドラマのダブル主演が、岸惠子、菅原文太だった。こんなことが、世の中では起こるのだ。このビッグスター二人なら、脚本家は「いっそ新人」という苦肉の策も通用しよう。

一緒に仕事をすることになると、今までのように「菅原文太」とか「岸惠子」とか呼び捨ては失礼である。私は憧れの岸惠子を初めて「岸さん」と呼んだが、最後まで慣れなかった。この感覚は、たぶん多くの人に共通するものだと思う。

だが、たとえばこちらが芸名で歌手の名を呼び捨てて、

「湖霧子（仮名）って、アメリカデビューするんだってね」

などと言うと、

「ああ、ミッちゃんのこと？　私、昔っから親しいのよ。この間もミッちゃん、コンサートに招待してくれたんだけど、私も忙しいしさァ。でも、ミッちゃんが来て来て

ってうるさくて」

などと、わざわざ本名からのあだ名「ミッちゃん」で返してくる。返された方も返された方で、この時は不快感より衝撃と驚愕に襲われ、叫ぶ。

「ウソーッ！　親しいのォ？　えーッ、あの湖霧子と?!　何でェ?!」

相手がこれ以上は言わず、

「友達に紹介されたら気が合って」

程度で引くといいのだが、どこか自慢気に誇らしそうに関係をアピールしたり、アチコチで吹いていたりすると不作法になるばかりか、かえって、バカにされたりする。

実際、アッチでもコッチでも、

「知ってる？　彼女、歌手の湖霧子とすっごく仲いいんだって」

と聞くことがよく出てくる。そして、

「すっごい自慢らしいよ。みんな知ってるもん。バカみたい」

となりうるのだ。

だが、考えてみれば、有名人と親しいからといって、得するとかプラスになることはないのではないか。せいぜい、手に入れにくい舞台や試合やコンサートのチケットをもらったとか、パーティに招かれて、他の有名人と名刺交換したとか、そんな程度だと思う。むろん、それも誇らしいが、裏でバカにされる方がイヤではないか？

なのに、なぜアピールするのだろう。

考えて行きついたのは、実にシンプルなことだった。「すごい！」「ウソーッ」「何で何で？」などと驚かれるのが嬉しい。誇らしい。「自分が見直される快感」と言ってもいい。確かに、私も反射的に、

「すっごーい」

と言ったことが幾度もある。改めて考えると何がすごいのかよくわからないのだが、あの時はすごいと思ったのだ。実際、「あんな人と親しいなんて、あなたすごいね」と言ってしまったことは何度もある。

こんな驚きや讃辞は、「あの有名人が友達に選んだ私」と重なり、自分が見直された気もするのだと思う。

これは愛すべき心理ではないだろうか。自己顕示欲というレベルではなく、驚かれ

てちょっと見直される喜び。それは素朴なものだ。

中には、

「私がよく行く〇〇って店、サッカーの△△選手も行きつけなのよ。時々、会うわよ」

と自慢する人もいる。聞いた側は「△△選手と同じ店の常連なんて、すごい」と、また根拠もないのに「すごい」になるのだ。見直してしまうのだ。友人関係ではなく、単に店であってもアピールするのは、有名人の輝きや存在感が自分にも加わる気がするのかもしれない。

とはいうものの、たとえば殺人など凶悪事件の犯人だとか、マイナスなことで世間に名が知られる人もいる。それも一種の「有名人」だ。

そうすると、やはり、

「私、あの犯人と小学校の同級生だったの」

「あの殺人犯、私の隣の席で仕事してたんだよ。普通の人よ」

「実家がすぐ近所で、小さい頃はうちにもよく来てたんだけど、大人しかった。ピーナッツが好きでね」

などと言う。言われた側はやはり驚く。犯人が凶悪であればあるほど、かつては共に日常を送っていた人に対し、

「えーッ、すごい！　ウソーッ」

という衝撃と驚愕を浴びせる。相手がマイナスな有名人であっても、この反応はちょっと快感なのだ。

だが、プラスの有名人への言葉と決定的に違うところは、決して「親しい」とか「親しかった」と言わないことだ。驚かれるのはいいが、親しいとか親しかったとは思われたくない。自分の価値が下がる。

私の知りあいに、有名人と親しくてゴルフをしたとか、電話で長話する仲だとか、あだ名で呼びあうとか、周囲がうんざりするほどアピールしている女性がいた。ところがその有名人、犯罪に関わっていたのである。

すると、彼女のアピールはピタッと消えた。「いなかった人」のようにだ。

私も今年は、有名人がらみで大変だった。全国高校野球選手権大会である。世に言

う「夏の甲子園」である。

今年、二〇一八年は大阪桐蔭高校の春夏二連覇で幕を閉じたが、全国を熱狂の渦に放り込んだのは、準優勝した秋田代表の県立金足農業高校だろう。強豪校はどこも、全国から素質のある子を集めてレギュラーを固めるというのに、金足農業は全員が地元秋田の中学卒だった。

そして、吉田輝星投手を軸に、決勝まで勝ち進んだのだから、国中が熱狂したのも当然だ。さらにはこの吉田投手のイケメンぶりに、老いも若きも女性たちはメロメロ。北国の無名の高校生が、もはや大スターの有名人である。

そんな中で、私は女性たちにどれほど聞かれたか。私が秋田出身だからだ。

「ねえねえ、吉田君と会ったことあるでしょ? ナマもあんなにイケメン?」

「吉田君としゃべったことある? 一回、ナマで見たいから、秋田に行こうかな」

毎日のようにこうだった。私が会ったり、しゃべったりしているわけがないだろう。何が「秋田に行こうかな」だ。まったく、秋田ではいつも吉田君とナマハゲが歩いていると思っている。

## ♀ あきらめが悪い

あきらめない女、ネバーギブアップ女の話になった時、どの男性もどの男性も、

「恐い。不作法以上の話」

「関わりたくないタイプ」

「逃げる」

と言ったのには苦笑した。

「あきらめない」――「ネバーギブアップ」の精神はいいことである。学問でもスポーツなどの試合でも仕事でも、粘って努力して粘って努力して、決してあきらめることなく自分を鼓舞し、ついに目的を達するケースはある。よく耳にする。

実際、大相撲幕内力士で、二〇一九年には四十歳になる豪風は、

「（力士を）辞めるのは一回しかできないが、『また頑張る』は何回もできる。自分の

頑張る姿を自分も見たかった。ファンや後援会の人にも見てほしい。精根尽き果てるまでやりたい」

と、まっすぐに心に響くコメントをしている（秋田魁新報　二〇一八年七月十三日付）。

「あきらめる」という言葉には、どこか「途中で投げ出す」のニュアンスが感じられるせいか、「あきらめない」よりは評価されにくい。

加えて、前出の男性たちは、恋愛における「あきらめない」を咄嗟に思い浮かべ、あんな反応が出たのだ。それは「深情け」とか「執念」に通じるニュアンスを感じるからだろう。

「この間、女性芸能人が夫の浮気を疑ったり、別居中の夫の家に入って家捜《やさが》ししましたよね。それで、自分の怨念の動画をワイドショーに送って放送させたでしょう。あきらめないって、あれが典型です。恐い」

と、幾人かが口をそろえた。少なくとも恋愛においては、絶対にあきらめない姿勢は、不作法を通り越して恐ろしさに行く場合がある。すべてではないが、そういう場合はある。

恋愛のシーンに限らず、最近は「あきらめないこと」ばかりが評価されすぎているように思う。それこそ耳にタコができるほど「ネバーギブアップ」という言葉を聞く。その考え方、精神は間違いなく正しいのだが、

「散り際千金」

「見切り千両」

という考え方も知っておく必要があるのではないか。

これはあきらめ時を示している。「今が散り時だ」と見極めたなら、サッと散る。引く。それは「千金」に値するというのである。もうひとつも「見切り時だな」と読んだなら、スパッと見切る。これも「千両」に値するとした言葉だ。

日本の精神文化では、あきらめることを重要に考えている。しつこく粘って追いすがるより、「サラリと」という姿勢が「粋《いき》」だということだ。九鬼周造の名著『「いき」の構造』などを読むとそう思わされる。

ここで一番問題になるのは、ならば「いつ散ればいいのか」「いつ見切ればいいの

か」ということだ。

ネバーギブアップの精神は重要だが、何年も何十年もあきらめないというわけにはいかない。ただ、ここまで頑張って来たのに、ここであきらめてはもったいないとも思うだろう。今まで心血を注いで来たことが、全部無駄になる気がする。だからもう少し、もう少しとなるのは当然だ。逆にチョロッとやっただけで「ダメだ」とあきらめていいのかどうか。もう少しやってもいいのではないかと、これも難しいところである。

とはいえ、誰もがわかっている。あきらめる潮時というものはあることを。そして、その潮に乗らないと、人生を無駄にする場合もあることを。

本人の許可をもらったので書くが、私の女友達は結婚しても子供ができなかった。本人も夫も「すぐにできるもの」と思っていたというが、二年たってもできない。三十代に差しかかる頃だった。

決意して夫婦で不妊治療を始めた。精神的な負担に加え、治療費が大変なものだという。それでもどうしてもやめられなかった。次の検査では妊娠しているのではないか、次は次は……となる。預金は底をつき、両家の親からも借りた。

　それでも妊娠しない。ところがやめてしまっては、これまでの努力とかけたお金が全部無駄になる。やめられない。

　おそらく、五、六年は続けたのではないだろうか。そしてある日、ついにやめた。散った。見切った。

　その理由は、両家の親が「貸したお金を返してほしい」と言ってきたからだった。両家とも老後資金だったのだ。合わせるとかなりな額なのですぐには返せないが「早く」と言われる。

　夫婦は「これは、もう子供はあきらめよという親の気持なのだ」と察した。両家の親が同時に、同じ理由で返済を言うのもおかしいと、夫婦は気づいた。同時に、これはあきらめさせるために、両家で相談したことだと思ったという。

　それは「ここまで」と思わせるに十分だった。親に孫を見せたい気持も強く、あきらめられなかったのだが、

「親たちの見えすいた芝居が、すんなりとあきらめさせてくれたわよ」

と笑った。

その頃、私は雑誌で対談のホステスをやっていたのだが、ゲストにはよく大企業の社長を招いた。その立場の人は、常に「出るか引くか」を考えるだろう。あきらめずに出ればいいのか、いつ見切って引けばいいのか。この判断は企業の存亡に関わる。

私は対談で必ず、

「いつ見切りますか。あきらめますか」

と質問していた。

今でも私自身の「あきらめ時」の指針になっている言葉がある。

某社の社長は言っていた。

「これ以上追うと深みにはまるかな……と思った瞬間が、あきらめ時です」

確かにイケイケドンドンの時は、深みにはまるかなとは思いもするまい。不倫であろうが、妊活であろうが、前進あるのみ。攻めの一手だ。だが、一瞬でも「深みに……」と頭を過《よぎ》ったならば、それはあきらめる潮時なのだ。

もう一人、大きな企業の社長は、

「何年に一回か、背負っているものを全部降ろしてチェックするんです。つまり、『これは必要なものか』『これは？』『これは？』ってね。そしていらないものは捨て、必要なものだけをまた背負う。これをやると、なぜ必要なのか、なぜ不要なのかを冷静に考えますよ」

と語っていた。

そして、ある有名ボクシングジムの会長にも聞いた。会長やトレーナーは、新人ボクサーが入って来た時、素質があるかどうかをすぐに見抜く。中には素質が認められないのに、後に大化けして花開く選手もいるそうだが、いつあきらめさせるかは、会長やトレーナーの任務だそうだ。多くの選手はチャンピオンを夢見て、ネバーギブアップの精神で打ち込む。

そんな状況の下、どうあきらめさせるか。会長は私に静かに言った。

「二年やらせます。二年はとにかくボクシング第一で、強くなることだけを考えて生きろと言っています。二年間、思いっきりやらせて芽が出ない時、本人を呼んで『もうやめろ。これからの人生の方が長いんだ。やめて別の道を行け』と言い渡す」

どんなことでも、二年やってもいい兆しがまったく見えなければ、それは見切り時ということはあろう。これ以上追っては深みにはまり、残りの長い人生を無駄にするということだ。

ネバーギブアップと同様に、散り際千金、見切り千両を心のどこかに置いておくことは、自分への作法かもしれない。

# あとがき

今回、本書と『男の不作法』の二冊が同時に刊行されたのだが、それは突然決まったことだった。当初は『男の不作法』一冊だけの予定だったのである。

ところが担当編集者と打合せをしたり、また十代後半から七十代前半までの老若男女に聞き取りを重ねているうちに、ふと思った。これは『女の不作法』と同時に二冊出すと、互いに興味が増すんじゃないかしらと。担当編集者も、すぐに大賛成してくれたのだが、これは自分で自分の首を絞める行為だった。男版と女版、六十本を書きおろすのも楽ではなかったが、とにかく女版、つまり女の不作法がやっかいなのだ。

前述した老若男女に遠慮なくしゃべってもらい、それはそれは刺激的で面白かった。ところが、私が書くとなると「天に唾する」に等しい。昔からさんざん不作法をやって来た私が、何をどう書くというのか。書く段になるまでそれに気づかず、力いっぱいに、

「女の不作法と二冊同時ってどう？」

と、編集者に提案したのだから、何ともオメデタイ身の程知らずである。こうなると、もう過去の恥もさらして書くしかない。

女の不作法の項目は、実際には二倍以上の数が挙がったのだが、老若男女の意見を参考に、私と担当編集者で三十項目に絞った。

『男の不作法』のあとがきにも書いたが、おそらく読者の中には「もっとひどい不作法がある」とか「私はこの考え方とは違う」とか「こう断定してほしくない」とかの意見を持つ方々があろうと思う。それは当然のことであり、そう思われそうなところには「すべてがそうだというのではない」「聞き取りした限りにおいて」「傾向として」などのエクスキューズを書き添えつつ、書くべきは書くようにした。

この部分に関しては、私もかなり気を遣ったつもりであるが、何もかもあいまいに緩くまとめては、それこそ読者に対して不作法だろうと思ったのである。

「天に唾する」の通り、私は多くの不作法をやっている。そうであるだけに、やる側の気持もわかる。敢えて不作法を働く場合だけではなく、本当に何も知らずに「やっちゃった」ということがあるのだ。むろん、それは学習になる。

また、本人は「不作法」とは思いもせず、これもすべてではないが、よかれと思ってやっている場合がある。たとえば、自分の意見を言わず、当たり障りのないことばかりを言う不作法。これもすべてではないが、自分の意見を堂々と言うことは和を乱すと考えている人たちはいる。そこに不作法意識はまったくなく、協調性を尊んでいるのである。

そして、「作法」と「不作法」は表裏一体という場合もある。たとえば、「この人、自分のどこに自信を持ってるわけ？」と周囲はあきれるが、本人は自信満々という人たちがいる。その自信満々ぶりを見せつけるのは不作法だが、見方を変えれば「自己肯定意識」が非常に高いということである。

日本人の自己肯定意識が低いことは、以前から問題になっている。『男の不作法』に詳しく書いたが、諸外国と比べても日本の若い人たちは、その意識が低い。それは決して好ましいことではないし、何よりも「アタシなんか」「私は何の取り柄もないし」と、人前でウジウジするのは聞き苦しいし、見苦しい。つまり、不作法である。

と考えると、自信満々の不作法は、かえって作法に思えてきたりもする。

本書を書きながら痛感した。不作法の少なからずはサラリと示すだけなら、看過される場合もあるが、「過剰」が何よりまずいということをだ。自慢でも愚痴でも自信でも、一言二言なら不作法とまでは思われまい。それを垂れ流すのがまずいのだ。

そう気づくと、過剰にならぬよう意識して、おさえ込むことが何よりの作法だと思ったりもする。

この面倒な企画に細やかに、かつ気長につきあって下さった担当編集者の鳥原龍平さんに感謝している。そして誰よりも、この本を手に取って下さった読者の皆様にお礼を申し上げたい。

二〇一八年九月　　東京・赤坂の仕事場にて　　内館　牧子

※なお、本文中の敬称は省略させて頂き、具体例の一部を変えたところもあります。

この作品は二〇一八年十一月幻冬舎新書に所収されたものです。

# 幻冬舎文庫

●好評既刊
## 女盛りは心配盛り
内館牧子

いつからこんな幼稚な社会になってしまったのか? 内館節全開で、愛情たっぷりに〝悩ましい大人たち〟を叱る。時に痛快、時に胸に沁みる、《男盛り》《女盛り》を豊かにする人生の指南書。

●好評既刊
## 女盛りは不満盛り
内館牧子

罵詈雑言をミュージカル調に歌い、他人の人権を踏みにじる国会議員。相手の出身地を過剰に見下す、モラハラ男。現代にはびこる〝困った大人達〟を、本気で怒る。厳しくも優しい、痛快エッセイ。

●最新刊
## 猫は、うれしかったことしか覚えていない
石黒由紀子・文　ミロコマチコ・絵

「猫は、好きをおさえない」「猫は、引きずらない」「猫は、命いっぱい生きている」……迷ったり、軸がぶれたとき、自分の中にある答えを探るヒントを、猫たちが教えてくれるかもしれません。

●最新刊
## グリーンピースの秘密
小川　糸

ベルリンで暮らし始めて一年。冬には家で味噌を仕込んで、春には青空市へお買い物。短い夏には遠出して、秋には家でケーキを焼いたり、縫い物をしたり。四季折々の日々を綴ったエッセイ。

●最新刊
## 四十歳、未婚出産
垣谷美雨

四十歳目前での思わぬ妊娠に揺れる優子。これが子供を産む最初で最後のチャンスだけど……。シングルマザーでやっていけるのか? 仕事は? 悩む優子に少しずつ味方が現れて……。痛快小説。

# 幻冬舎文庫

●最新刊
## オーストリア滞在記
中谷美紀

ドイツ人男性と結婚し、想像もしなかった田舎暮らしが始まった。朝は、掃除と洗濯。晴れた日には、スコップを握り庭造り。ドイツ語レッスンも欠かさない。女優・中谷美紀のかけがえのない日常。

●最新刊
## ののペディア 心の記憶
山口乃々華

2020年12月に解散したダンス&ボーカルグループE-girls。パフォーマーのひとりとして走り続けた日々から生まれた想い、発見、そして希望。心の声をリアルな言葉で綴った、初エッセイ。

●最新刊
## 猫には嫌なところがまったくない
山田かおり

黒猫CPと、クリームパンみたいな手を持つのりやすは、仲良くないのにいつも一緒。ピクニックのように幸福な日々は、ある日突然失われて――。猫と暮らす全ての人に贈る、ふわふわの記録。

●幻冬舎時代小説文庫
## 秘め事おたつ三 青葉雨
藤原緋沙子

金貸しおたつ婆の一日は、早朝の散歩から始まる。ある朝、足の不自由な父親とその娘を助けたことから挨拶をする仲に。だが、ここ数日姿が見えず、心配になったおたつは、二人を訪ねるが……。

●幻冬舎時代小説文庫
## 花人始末 出会いはすみれ
和田はつ子

植木屋を営む花恵は、味噌問屋の若旦那殺しの下手人として疑われる。そんな花恵を助けたのは当代随一の活け花の師匠・静原夢幻だった。花をこよなく愛する二人が、強欲な悪党に挑む時代小説。

女《おんな》の不作法《ぶさほう》

内館牧子《うちだてまきこ》

令和3年2月5日　初版発行
令和5年1月30日　2版発行

発行人——石原正康
編集人——高部真人
発行所——株式会社幻冬舎
〒151-0051東京都渋谷区千駄ヶ谷4-9-7
電話　03(5411)6222(営業)
　　　03(5411)6211(編集)
公式HP　https://www.gentosha.co.jp/

印刷・製本—中央精版印刷株式会社
装丁者——高橋雅之



幻冬舎文庫

ISBN978-4-344-43055-6　C0195　う-1-20